우리는 공부하는 가족입니다

우리는
공부하는 가족입니다

두 아이를 MIT 장학생,
최연소 행정고시 합격생으로 키운 연우네 이야기

이채원 지음

다산
에듀

나는 지금 매사추세츠 공과대학의 헤이든 도서관에서 이 글을 쓴다. 도서관 내부는 복층으로 이루어져 있는데 아래층에는 열람실과 컴퓨터실, 위층에는 서가가 자리 잡고 있다. 벽과 천장은 갈색과 검은색이 어우러져 차분한 느낌을 더한다. 고개를 들어 창밖을 바라본다. 잔디밭 너머로 찰스 강을 따라 달리는 사람들이 보인다. 그들의 모습에서 꾸준히 자기 길을 가고 있는 이의 활기가 느껴진다.

내가 여기서 글을 쓰게 되리라고 상상해 본 적이 있었던가. 딸아이가 이곳으로 유학을 오기 전까지는 상상조차 못 했던 일이다. 어느새 내 입가에 흐뭇한 미소가 번진다.

큰아이 연우는 이곳 매사추세츠 공과대학 대학원에서 박사 과정을 밟고 있다. 연우는 서울대학교 대학원 석사 과정의 마지막 학기에 삼성장학회에 도전해 매년 5만 달러씩 4년간 지원을 받는 장학생으로 선발되었다. 그리고 입학 허가를 내준 미국의 명문 대학들 가운데 이곳 MIT를 선택했다. 이공계 장학생으로 서울대학교에 입학해 산업공학과를 수석으로 졸업하고, 이제는 당당히 세계 최고의 인재들과 공부에 매진하게 된 것이다. 연우는 오늘도 '인간공학자'를 꿈꾸며 다음 목표 지점을 향해 달려가고 있다.

위층으로 자리를 옮긴다. 난간 옆 의자에 앉아 서가에서 배어 나오는 오래 묵은 책 향기를 맡고 있자니 작은아이의 얼굴이 눈앞에 떠오른다. 나를 바라보며 빙긋이 웃는 아들의 얼굴. 기쁨을 감추고 애써 태연한 척하는 표정. 행정고시 2차 시험에 합격했다는 소식을 전하며 내게 지어 보였던 바로 그 표정이다. 상우는 합격을 알리는 문자메시지를 받고도 집에 도착할 때까지 그 사실을 비밀에 부쳤다. 나를 깜짝 놀라게 해 주고 싶었던 것이다. 기쁜 소식을 안고서 집으로 달려왔을 아이의 모습을 상상해 보았다. 뭔가를 감추고 있을 때 짓는 표정, 당장이라도 비밀을 털어놓을 듯 실룩거리는 입술, 그리고 공연히 두 팔을 터는 동작까지…… 보지 않아도 그 모습이 눈에 선했다.

3차 면접시험 전날, 면접관 역할을 맡아 상우와 시험 연습을 하던 일이 생각난다. 그날 상우는 내가 여태 보아 온 그 어떤 순간보다도 진지해보였다. 내 아들이지만 그토록 긴장한 모습은 본 적이 없었다. 상우는 다음 날 시험장에 입고 갈 양복과 넥타이를 차려입고서 내 앞에 섰다. 연습이라 가볍게 여기고 있던 나는 그 모습을 보고 얼른 마음가짐을 바꿨다. 후줄근한 옷을 벗고 재킷을 갖춰 입은 다음 책상 앞에 앉았다.

똑똑, 상우가 조심스레 방문을 두드렸다.

"들어오세요."

상우가 방문을 열고 들어와 제 이름과 수험 번호를 말했다. 잔뜩 굳은 채 목소리까지 떨고 있었다. 연습인데도 긴장하고 있는 모습에 웃음이 나왔지만 얼른 표정을 가다듬었다. 실제 시험인 듯 집중하고 있는 아이에 대한 예의가 아닌 것 같았다.

상우는 그렇게 초긴장 상태로 3차 시험을 치렀다. 그리고 얼마 뒤 놀라운 소식이 날아들었다. 행정고등고시 최종 합격! 믿을 수가 없었다. 마치 우리에게 기적이 일어난 것 같았다. 우리 가족은 모두 어리둥절한 채 서로를 바라보았다. 그다음 순간은 기억나지 않는다.

그때 나는 웃고 있었던가, 울고 있었던가. 상우가 행정고시에 합격한 건 연세대학교 교육학과 3학년에 재학하고 있을 때였다. 교육직렬 최연소 합격. 남편이 행정고시에 합격한 지 꼭 30년 만의 일이었다. 아들의 행정고시 합격증서 옆에 30년 된 남편의 합격증서를 나란히 놓고 바라보았다. 그렇게 뿌듯할 수가 없었다. 아마 상우는 힘든 고비마다 제 아버지의 모습을 떠올리며 느슨해지는 마음을 다잡았을 것이다. 그리고 이제 아버지의 뒤를 잇고 싶다는 자신의 바람대로 교육부 사무관으로서 교육행정의 첫 발걸음을 내디뎠다.

가장 아름다운 아버지와 아들의 모습이란 어떤 것일까. 아이가 자라 부모의 삶을 존중하고 그 뒤를 따르는 것, 그보다 더 보기 좋은 모습이 있을까. 나는 지금 그 놀라운 모습을 바라보고 있다. 더욱 놀라운 건 이 모든 일들이 한 해 동안 연이어 일어났다는 사실이다. 우리가 그 많은 일을 이루어 냈다니 꿈만 같았다. 그리고 기쁜 날을 맞이하기까지 우리가 달려온 힘겨운 시간이 아득히 멀어지는 것을 느꼈다.

상우의 최종 합격 소식을 들었을 때, 어쩌면 나는 울고 있었는지도 모른다. 괴로웠던 지난 일이 모두 떠올랐을 테니까. 나는 상우의 편지를 생각했다. 밤새워 가족 한 사람 한 사람에게 썼던 그 편지. 상우는 편지에서 서로를 이해하며 어려움을 이겨 내 보자고 위로하고 있었다. 빚더미에서 벗어나 가족이 다시 화목해지기를 간절히 바라고 있었다.

그랬다. 우리 가족은 어마어마한 액수의 보증 빚에 짓눌린 채 10년이 넘는 시간을 옴짝달싹할 수 없이 묶여 살았다. 눈덩이처럼 불어나는 빚과 사투를 벌이며 살아왔다. 우리는 그 처지를 잊기 위해, 또 그 처지를 이겨 내기 위해 절실하게 공부에 매달렸다.

이 글은 우리 가족이 빚더미에서 벗어나 다시 살기 위해 새로운 길을 모색해 온 자취이며, 고통 속에서 치열한 공부로 건져 올린 희망의 기록이다. 이제 그 이야기를 시작하려 한다. 간절하게 꿈꾸고, 뜨겁게 공부하고, 결국 절망이라는 큰 산을 무너뜨린 우리의 이야기를…….

그건 지진이었다.

와르르, 세상이 통째로 무너져 내리며 나와 우리 가족을 덮쳤다.

온몸이 마비된 것처럼 꼼짝도 할 수 없었다.

나를 이루고 있던 것들이 한꺼번에 빠져나가 버리고,

나는 텅 빈 사람처럼 우두커니 서 있었다.

_예고 없이 닥친 불행 中

PART 1

10억,
그 참혹한
숫자

예고 없이 닥친
불행

· · ·

그건 지진이었다. 와르르, 세상이 통째로 무너져 내리며 나와 우리 가족을 덮쳤다. 온몸이 마비된 것처럼 꼼짝도 할 수 없었다. 나를 이루고 있던 것들이 한꺼번에 빠져나가 버리고, 나는 텅 빈 사람처럼 우두커니 서 있었다.

'잃었다. 전부 다 잃었다. 앞으로 우리는 어떻게 되는 걸까?'

머릿속에는 오직 그 생각만 남아 끝없이 맴돌고 있었다.

남편의 보증 채무는 10억에 이른다고 했다.

억이라니, 10억이라니…… 평생 듣지도, 만져 보지도 못한 큰돈이었다. 살고 있던 아파트를 팔아도, 남편의 봉급을 털어 넣어도 갚을 수 없는 어마어마한 액수였다. 평범한 월급쟁이로 몇 년을 일해야 10억이라는 돈을 갚을 수 있을까. 그 숫자가 너무 비현실적이어서 아득한 우주 어디쯤에 속한 것처럼 느껴졌다. 그럼 이 돈은 갚지 않아도 되는 게 아닐까 하는 생각마저 들었다.

"함부로 보증을 서지 말라고 겁주려는 게 분명해. 맞아. 그렇지 않고서야 어떻게 이런 말도 안 되는 액수가 나올 수 있어. 도대체 10억이라는 숫자가 나와 무슨 상관이 있다는 거야."

나는 멍하니 선 채로 그렇게 중얼거렸다.

1997년의 어느 날이었다. 사업을 하던 시누이와 시동생이 형제들을 한자리에 불러 모았다.

"큰일 났어요. 날짜가 돌아온 어음들을 막아야 하는데 방법이 없어요."

시동생이 다급한 목소리로 도움을 청했다.

"얼마나 되는데? 막지 못하면 어떻게 되는 거야?"

"무슨 일을 그렇게 대책 없이 하는 거야."

당황한 형제들이 나무랐다. 웅성거리는 말소리가 방 안을 울렸다.

"다 같이 무너지게 돼요."

"뭐라고?"

시숙이 쾅 하고 주먹으로 탁자를 내리쳤다.

"그게 무슨 말이야? 무슨 말도 안 되는 소리냐고!"

남편이 물었다. 애써 화를 누르는 듯한 목소리였다.

"우리 형제들이 다 엮여 있어서 지금 막지 못하면 다 같이 망하는 거예요. 어떻게든 이 건을 해결해야 해요."

그러면서 그들은 당장 급한 불을 끄려면 형제들 중 누군가의 아파트를 담보로 대출을 받아 막는 방법밖에 없다고 했다. 은행 빚이 너무 많아 담보 없이는 더 이상 대출을 받을 수도 없다는 것이었다.

"정말 죄송합니다. 제발 이번 한 번만 더 도와주세요."

다른 가족들까지 줄줄이 무너지게 된다는 말에 시숙이 마지못해 자신의 아파트를 내주었다. 그리고 곧 IMF가 터졌고, 모든 것이 다 사라져 버렸다. 집안 전체가 마치 쓰나미에 휩쓸린 것처럼 걷잡을 수 없이 허물어졌다.

어디서부터 잘못되었던 걸까. 온 가족이 한자리에 모였던 그날, 나는 잠깐이지만 뭔가 이상한 분위기를 느꼈다. 시누이와 시동생은 왜 가장 자주 왕래하던 남편에게 먼저 부탁하지 않고 다른 형제들에게만 매달렸던 걸까. 이유를 알 수가 없었다. 하지만 그 순간에는 내게 닥친 일이 아니라는 생각에 무심코 지나치고 말았다. 울며 겨자 먹기로 집을 내준 시숙 내외의 처지가 딱하기는 했지만 어쨌든 내 아파트가 아니라는 생각에 안심하고 있었다. 그런데 바로 그다음 날 나는 우리 집이 안전하리라 믿고 있던 내가 얼마나 어리석었는지를 뼈저리게 깨닫게 되었다.

나는 아파트를 담보로 내주었던 큰동서에게 전화를 걸어 위로의 말을 건넸다. 그러자 뜻밖에도 이런 대답이 돌아왔다.

"연우 엄마, 지금 그런 말 할 때가 아니지. 연우네는 우리보다 먼저 은행에 잡혔다는데."

"네? 그게 무슨……."

"몰랐단 말이야?"

"……!"

그 말을 듣는 순간 온몸에 소름이 돋았다. 머릿속이 굳어 버리는 것 같았다. 어렵게 내 집을 장만한 뒤로 늘 왠지 모르게 불안했는데, 걱정이 현실로 드러난 것이다. 나는 한 마디 말도 더 하지 못하고 수화기를 내려놓았다. 그때 내가 처음 느낀 감정은 '부끄러움'이었다. 언젠가 자식을 잃은 사람에게서 무엇을 해도 부끄러워 먹을 수도, 편히 자리에 누울 수도 없다는 말을 들은 적이 있었다. 자식 잃은 부모의 마음을 내가 어떻게 다 헤아릴 수 있을까마는 그때의 내 마음도 마치 손 한 번 써 보지 못하고 소중한 자식을 떠나보낸 사람처럼 참담하고 부끄러웠다.

'그랬구나. 나만 바보처럼 모르고 있었구나. 그것도 모르고 다른 사람을 위로하려 했다니…….'

생각할수록 기가 막힌 일이었다.

혹시나 하는 마음에 용기를 내어 등기소에 가서 등기부를 열람해 보았다. 아파트 대출금을 다 갚은 뒤에도 확인해 보지 않았던 터라 가슴이 떨렸다. 살을 베어 내는 것처럼 아팠지만 내 눈으로 꼭 확인을 해야 했다. 등기부에는 어느 은행의 이름이 보란 듯이 찍혀 있었다. 날짜를 확인해 보니 내가 아파트 대출금을 상환하고 돌아온 얼마 뒤였다. 불과 두어 달 전, 아파트 분양 대금으로 대출한 빚을 모두 갚았던 것이다. 새 아파트에 입주한 뒤로 그 빚을 하루라도 빨리 갚으려고 얼마나 줄이고 아끼며 살았던가. 대출금을 다 갚고 은행 문을 나오며 어찌나 기분이 개운하던지 가까운 거리가 아닌데도 집까지 걸어갔었다. 그제야 새 아파트가 온전한 내 집처럼 느껴졌다.

나도 모르는 사이 우리 아파트에 그런 일이 벌어지고 있었는데도, 나는 그저 대출금을 다 갚았다는 사실에 뿌듯해하며 스스로를 대견하게 여기고 있었다. 그런데 우리 가족을 벼랑 끝으로 내몬 시누이와 시동생은 "금방 되돌려 놓으려 했다"며 태연했다. 10억이라는 엄청난 빚더미를 씌워 놓고도, 잘살아 보려 기를 쓰고 노력해 온 우리 가족을 헤어날 수 없게 만들어 놓고도 자신들이 무슨 짓을 저질렀는지조차 깨닫지 못하고 있었다.

"이렇게 허무하게 날아가 버릴 아파트인데 나는 무엇하러 죽어라 그 돈을 갚았을까. 왜 그렇게 아등바등했을까."

나는 멍하니 앉아 몇 번이고 그렇게 되뇌었다.

나도
피해자라고요!

피해를 입은 형제들은 사태를 수습해 보려고 자주 한자리에 모였다. 남편의 형제들이 그때처럼 자주 모인 적은 없었다. 너무나 기가 막힌 일을 당하다 보니 마주 앉아 무슨 방법이라도 찾아보려고 그랬을 것이다. 하지만 아무리 머리를 맞대고 의논을 해 보아도 답은 나오지 않았다.

만져 보지도 못한 돈 때문에 어렵게 장만한 집을 날리게 되다니 분하고 억울했다. 봉급도 압류될 테니 무엇보다 아이들과 살아갈 일이 막막했다. 어떻게든 조금이라도 지키고 싶었다.

"아파트는 어차피 경매에 넘어가겠지만 어떻게 봉급만이라도 지켜 낼 방법이 없을까?"

남편과 나는 지푸라기라도 잡는 심정으로 말했다. 그러자 모여 있던 형제들 가운데 누군가가 이렇게 대답했다.

"채권에 순위가 있으니까 믿을 만한 사람을 찾아서 채권단보다 먼저 봉급을 압류하도록 하면 되지 않을까? 어쩌면 봉급은 살릴 수 있을지도 몰라."

그러자 다른 형제들도 맞장구를 쳤다.

"그래, 빨리 그렇게 해 봐."

"우선은 그렇게라도 해서 급한 불을 꺼야지."

그 말을 듣고 있는데 친정 동생이 떠올랐다.

"네, 알았어요. 친정 동생한테 한번 부탁해 봐야겠어요."

나는 곧바로 동생에게 전화를 걸어 사정을 설명했다. 다행히 동생은 내 부탁을 뿌리치지 않고 도와주겠다고 했다. 남편과 나는 동생을 만나 절박한 심정으로 서초동의 한 법무사 사무실을 찾았다. 법무사는 우리의 말을 듣더니 남편의 봉급을 살릴 수 있는 방법이 있다고 했다.

"정말입니까? 정말 그런 법이 있다고요?"

"네, 가능합니다."

"아유, 살았다. 감사합니다."

그 말에 우리는 반색하며 말했다.

법무사는 친정 동생을 채권자로 설정하고 남편의 봉급을 압류하는 전부명령 절차를 밟으라고 했다. 친정 식구에게 빚을 진 것처럼 가장하여, 다른 채권자들이 남편의 봉급을 가져가지 못하도록 먼저 손을 쓰라는 얘기였다. 당시 우리에게 옳고 그름을 판단할 여유 같은 건 없었다. 법무사의 그 한마디가 눈물 날 만큼 반가웠다. 벌써 잃은 돈을 다 찾은 것만 같았다. 하지만 그 실낱같은 희망은 며칠도 못 가 사라져 버렸다. 채무 회피 혐의로 형사처분을 받을 수 있다는 사실을 알게 된 것이다. 공직자인 남편에게는 치명적인 일이었다. 남편과 나는 부리나케 법무사 사무실을 다시 찾아 전부명령을 취소하는 절차를 밟았다. 취소를 하는 데에도 신청할 때와 같은 비용이 들었다. 속이 바싹바싹 타 들어가는 우리와 달리 법무사의 표정은 변함이 없었다. 우리 가족에게는 하늘이 무너지는 불행이었지만, 그에겐 그저 지겹도록 처리해 온 일이고 일상이었을 테니까.

그 와중에 우리를 더욱 절망하게 만든 것은 온 집안을 쑥대밭으로 만든 장본인들의 태도였다. 시누이와 시동생은 우리 앞에 사죄하겠다고 나타나더니 오히려 사업을 망친 잘못을 서로에게 돌리며 자기들끼리 다투기 바빴다. 상대방이 자신의 의견을 무시하고 회사를 방만하게 운영했다는 것이었다. 그러더니 이내 채권자들의 추적을 피해 어디론가 숨어 버렸다.

어느 날, 빚 문제로 나와 이야기를 나누던 남편이 갑자기 복받친 듯 나를 부둥켜안고 울기 시작했다. 좀처럼 힘든 내색을 하지 않던 남편이 처음으로 내게 눈물을 보인 것이다. 남편은 그렇게 한참 동안을 흐느꼈다. 그동안 얼마나 외롭고 고단했을까. 그 눈물을 보며 남편의 어깨를 짓누르고 있던 '가장'이라는 이름의 무게를 실감했다.

그해 겨울은 혹독하게 추웠다. 세상에 우리 편이라고는 아무도 없는 것 같아 외롭고 서러웠다. 궁지에 몰리고 보니 가까웠던 이들마저도 모두 적으로 돌아서는 것 같았다. 평범한 일상을 누리는 그들의 모습을 보면 우리 가족의 불행이 더욱 도드라져 보여 비참하기만 했다.

우리는 무엇을 어떻게 해야 좋을지 몰라 우왕좌왕하고 있었다. 이 사람 의견을 들으면 그걸 따라야 할 것 같았고, 또 다른 누군가가 다른 의견을 말하면 그것도 따라야 할 것 같았다. 하지만 우리가 할 수 있는 건 아무것도 없었다. 그렇지 않아도 가진 돈은 없고, 살 방도를 찾기 위해 이리 뛰고 저리 뛰는 사이에 비용만 축나니 애가 탈 뿐이었다.

그사이 우리 집으로 돈을 떼인 채권자들이 들이닥쳤다. 그들은 밤낮을 가리지 않고 찾아와 현관문을 두드렸다. 온몸이 덜덜 떨릴 만큼 무서웠지만 옆집에 피해가 갈까 봐 모른 척할 수도 없었다.

"그 사람들 어디 있어요? 여기 있죠?"

"아니에요. 나도 몰라요."

"어디로 숨었어요? 어디로 숨겼어요?"

"나도 몰라요. 나도 피해자라고요."

우리에게 모든 책임을 떠넘긴 사람들이 어디로 숨었는지는 나도 알 길이 없었지만, 내 말을 채권자들이 믿어 줄 리 없었다. 차라리 나도 숨어 버리고 싶었다. 나도 남편도 우리 아이들도 모두 다 피해자였지만, 우리에게는 화풀이를 할 대상도, 처지를 한탄할 시간도 주어지지 않았다.

차라리 그럴 기회라도 있었더라면 조금은 덜 아팠을까. 다 잃은 처지에서 살아남으려고 몸부림치는 사이 삭이지 못한 분노와 상처가 쌓여 몸과 마음은 멍투성이가 되어 갔다.

보증 채무는 복잡하게 꼬여 있었다. 여러 사람이 함께 보증한 탓에 남편이 갚아야 할 채무 액수가 얼마인지도 정확히 알 수 없었다. 그나마 사채가 별로 없다는 게 불행 중 다행이었다. 채권자 대부분은 은행이었다. 만약 사채가 많았다면 우리는 어떻게 버텨 냈을까. 아니, 버틸 수 있기나 했을까. 뉴스에서 악덕 사채업자들의 횡포를 볼 때면 두려운 나머지 은행 대출 위주로 빚을 진 그들에게 고마운 마음까지 들었다.

무엇에 비할 수 없이 다행인 일은 남편이 그 아수라장 속에서도 자신의 자리를 꿋꿋하게 지켜 주었다는 것이다. 몇 천만 원의 빚 때문에 삶을 포기하는 사람들의 이야기를 들을 때마다 나는 섬뜩한 기분이 들어 견딜 수가 없었다. 남편이 혹시 그런 마음을 먹고 있는 건 아닐까 하는 생각 때문이었다. 더군다나 우리가 갚아야 할 빚은 몇 백도 몇 천도 아닌, 생각만 해도 숨이 턱 막히는 엄청난 금액이었다. 남편은 본래 속마음을 잘 표현하지 않는 사람이었다. 어쩌면 사방에서 조여 오는 고통을 누구에게도 털어놓지 못한 채, 치욕스럽게 살아갈 일로 절망하고 있을지도 몰랐다. 남편을 원망다가도 그 생각만 하면 정신이 퍼뜩 들어 안부 전화를 걸었다. 그리고 남편이 무사한 걸 확인하면 함께 살아 있는 것만으로도 감사해 안심하고는 했다.

　남편이 가장 중요하게 여기는 가치는 '책임감'이었다. 내가 아는 남편은 그런 사람이었다. 엄살이라고는 부려 본 적도 없고 게으름을 피울 줄도 모르는 사람. 힘든 일이 닥치면 남편은 그 일에 대해 불평하거나 피해 가려 하지 않고 스스로 노력해 이겨 내야 하는 것으로 믿었다. 나는 남편의 그 책임감을 믿기로 했다.

가난한 엄마로
산다는 것

고백할 일이 한 가지 있다. 결혼한 뒤 처음 맞은 겨울, 나는 이웃집에서 연탄 두 장을 훔쳤다. 당장 연탄불을 갈아야 했는데 생활비가 떨어져 연탄을 새로 들일 돈이 없었기 때문이다. 우리는 방 한 칸에 월세 7만 원짜리 다세대주택에 살고 있었다. 한 층에 여섯 가구가 사는 건물이었다. 여섯 집이 창고 하나에 연탄을 함께 두고 쓰다 보니, 그 연탄이 앞집 것인지 옆집 것인지 알 수가 없었다. 그래서 연탄을 들인 뒤 갚으려 했지만, 어느 집에 갚아야 할지 알 수 없게 되었다.

하지만 남편에게 생활비가 떨어졌다고 입을 떼기가 어려웠다. 첫 아이를 임신하고 있어 남편의 봉급만으로 생활을 꾸려 나가고 있었는데, 남편에게 도움이 되지 못해 미안했고 대학을 졸업하고도 직장을 잡지 못한 스스로에게 떳떳하지 못하다는 생각이 들었다. 그래서 생활비가 떨어져도 마음이 불편해 남편에게 말을 하지 못했다. 결국 그 때문에 남의 물건에 손을 대고 말았으니 부끄러움이 또 다른 부끄러움을 낳은 셈이다.

결혼하고서 처음 받아 온 남편의 봉급은 마이너스였다. 급여 명세서의 실 수령액 숫자 앞에 삼각형 모양이 찍혀 있어 의아하게 생각했는데, 그건 마이너스를 뜻하는 표식이었다. 알고 보니 결혼 전 은행에서 대출을 받아 시누이의 사업 자금으로 빌려 주었고, 그 원리금이 고스란히 남편의 봉급에서 빠져나가고 있었던 것이다. 고시 출신 공무원이었지만 남편의 봉급은 20만 원 남짓으로 일반 회사원이 받는 액수에도 미치지 못했다. 게다가 얼마 되지 않는 그 봉급에서 다달이 시누이의 대출금이 빠져나가고 있었다. 빚을 떠안고 결혼 생활을 시작한 우리 부부는 내내 크고 작은 돈 문제에 시달렸다. 한 달 건너 한 번씩 나오는 상여금으로 마이너스인 전달의 월급을 겨우 메우며 살았다. 남편은 누구 못지않게 열심히 일했지만 그 대가인 봉급은 시부모님의 빚을 갚고 시동생들의 등록금을 내는 데 고스란히 쓰였다. 그뿐만이 아니었다. 시누이의 사업 자금까지 감당해야 했다. 시누이의 끝없는 사업 욕심은 참을 수 없을 만큼 우리를 힘들게 했다. 시누이는 남편의 이름으로 대출을 받는 것은 물론이고, 봉급과 다름없는 가계수표까지 가져다 썼다. 그 탓에 남편은 봉급을 온전히 받아 본 적이 없었다.

견디다 못한 우리는 월세를 아껴 볼 셈으로 친정집 아래층에 들어가 살기로 했다. 한 푼이 아쉬운 처지여서 전화조차 따로 놓지 않았다. 위층에서 전화가 왔다고 알리면 매번 헐레벌떡 뛰어 올라가 받곤 했다. 하지만 쉽지 않은 친정살이에도 연우와 상우 두 아이가 친정 식구들 사이에서 사랑을 듬뿍 받으며 자랄 수 있어 만족했다.

친정에서 산 지 3년쯤 지났을 때 남편의 직장인 교육청에서 소속 직원들과 교사들을 대상으로 주택조합을 결성했다. 직장주택조합 아파트가 세워질 지역이 결정되고 나서 우리는 친정집을 나와 건축 현장에서 가까운 동네에 열두 평짜리 월세집을 구했다. 골목시장 언덕 위에 자리 잡은 다세대주택이었다. 골목에는 종일 아이들이 뛰고 울고 싸우는 소리가 끊이지 않았다. 그리고 우리 같은 세입자들은 물론 수녀와 외국인 선교사 들까지 온갖 사람들이 들고 났다.

"야, 미국 사람들이다!"

말쑥한 차림의 선교사들이 지나가자 상우가 신기한 듯 큰 소리로 외쳤다.

"꼬마야, 우린 영국 사람이야."

선교사들이 웃으며 말하자 상우는 쑥스러운지 슬며시 노인정으로 숨어 버렸다. 그 모습을 보며 나 혼자 피식 웃었다. 비록 가진 것 없는 이들이 모여 사는 허름한 동네였지만, 그곳에는 정겨움이 있었다.

상우는 골목시장에서 꼬마 가수로 이름을 날렸다. 어쩌다 한 번 시장에서 김국환의 「타타타」라는 곡을 불렀는데, 어린아이의 노래가 꽤나 인상적이었던지 그 뒤로 상우가 시장을 지나갈 때면 시장 상인들이 아이

를 붙잡고는 용돈을 쥐여 주며 그 노래를 부르게 했다. 그래서 상우의 주머니에는 꼬깃꼬깃한 천 원짜리 지폐와 동전이 들어 있고는 했다.

　연우와 상우는 시장 입구의 비디오 대여점에서도 시간을 많이 보냈다. 나는 시간이 날 때마다 「슈퍼 그랑죠」 「수라왕 슈라토」 「근육맨」 등 두 아이가 열광적으로 좋아하는 만화영화들을 시리즈로 빌려 와 함께 보고 감상을 이야기했다. 시장과 서점에도 함께 가서 읽을 책을 고르고 물건값을 비교해 가며 사도록 가르쳤다. 요즘 엄마들이 보기에 나는 정말로 비교육적인 빵점 엄마일지도 모른다. 노는 아이를 타일러 공부를 가르치기는커녕 만화영화를 보는 아이들 옆에 앉아 함께 보고 주제가나 부르며 시간을 보냈으니 말이다. 하지만 그 시절 두 아이와 함께한 소소한 경험들은 우리를 세상에서 가장 가까운 친구 사이로 만들어 주었다. 시간이 많이 흐른 지금도 우리는 느낌이 통하면 씩 웃으며 "링 위에 번갯불이 날리면 불꽃 전사들 비추어 주네……" 하고 「근육맨」의 주제가를 함께 부르고는 한다.

나는 아이들에게 공부하라고 강요하거나 다그친 적이 없었다. 연우와 상우는 그 골목길에서 또래들과 마음껏 어울리며 유치원과 초등학교 시절을 보냈다.

아이들의 놀이는 단순한 놀이가 아니라 삶의 기초 체력을 키워 주는 일이라고 생각한다. 원 없이 뛰놀았던 그 시절의 기억이 받쳐 주어 아이들이 지치지 않고 공부에 집중할 수 있었다고 나는 믿고 있다.

우리는 형편이 좋지 않아 아이들에게 학습지조차 시키지 않았다. 아이들이 동네 교회에서 운영하는 유치원에 다닐 때는 주택조합 아파트 분양 대금을 마련하느라 유치원을 그만 다니게 한 적도 있었다. 시부모님의 빚을 갚고 형제들의 등록금과 사업 자금까지 마련하느라 주기적으로 납부해야 하는 아파트 중도금은 연체되기 일쑤였다. 높은 연체료가 무서웠던 나는 아이들 교육비부터 줄이기로 한 것이다. 주변에서는 걱정스러운 시선을 보냈다.

"연우 어머니, 연우랑 상우가 어리지만 참 영특해요. 그런 아이들을 왜 집에만 두려 하세요."

유치원 교사가 안타깝다는 듯 말했다.

"저…… 선생님. 사실은 생활비가 부족해서요."

나는 부끄러움을 무릅쓰고 솔직히 대답했다.

이웃 엄마들의 반응은 그보다 더했다.

"연우 엄마, 아무리 어려워도 그렇지 아이들 유치원을 끊으면 어떡해요."

"아유, 대한민국 엄마들 중에 아파트 중도금 때문에 애들 유치원을 끊는 사람은 연우 엄마밖에 없을 거야. 초등학교 가서 다른 애들한테 뒤처지면 어쩌려고 그래."

"……"

아무리 어려워도 어떻게든 아이들 교육만큼은 시키는 것이 우리나라의 보통 엄마들이다. 하지만 나는 우리 집 형편에 맞게 아이들을 가르치기로 일찍부터 마음먹고 있었다. 이미 적지 않은 빚에 시달리고 있던 터라 새로운 빚을 져 가며 아이들을 가르칠 엄두가 나지 않았고, 무엇보다 아이들에게 안정된 '우리 집'을 마련해 주고 싶었다. 그때 내게 아파트는 포기할 수 없는 꿈이자 인생 최대의 목표였다. 나는 다른 엄마들의 교육 방식을 따라가느라 무리하기보다 내 형편 안에서 가장 효율적인 대안을 찾아보기로 결심했다.

'내 방식대로 우리 아이들을 보란 듯이 잘 키워 내야지!'

그렇게 다짐했다. 유치원이나 학원에 보내지 않는 대신 아이들과 보내는 매 순간이 교육이라 생각하고 적극적으로 활용하기로 했다. 그러자면 우선 흔들리지 않는 나만의 교육 원칙을 세워야 했다.

첫 번째 원칙은 '남과 다르게 하기'였다. 아이들이 초등학교 4학년이 될 때까지는 '공부'라는 단어를 쓰지 않기로 했다. 나는 아이들이 공부를 어려운 것으로 여기지 않고 밥을 먹듯 일상적인 것으로 받아들이기를 바랐다. '공부하라'는 말로는 아이들에게 동기나 자극을 줄 수 없을 거라고 생각했다. 세상에 '공부'보다 기분 좋은 말들이 얼마나 많은지를 먼저 가르쳐 주기로 했다.

두 번째 원칙은 '작은 일이라도 성취감을 느끼도록 북돋아 주기'였다. 자주 칭찬하고 용기를 북돋아 주어 스스로 제 할 일을 찾아서 즐겁게 할 수 있는 힘을 키워 주고 싶었다. 재미있는 말 한 마디를 하거나 제 생각을 표현하는 등 사소한 일로도 아이들을 칭찬해 주었다. 그리고 그때마다 뭉뚱그려 말하지 않고 표현이 독특하다거나 유머 감각이 있다는 식으로 그 상황에 맞는 칭찬을 하려고 노력했다.

세 번째 원칙은 '꿈을 세워 주기'였다. 강요로 만들어진 꿈이 아닌 자신만의 꿈을 찾고 그 꿈을 이룰 때까지 치열하게 공부하도록 이끌어 주어야겠다고 생각했다. 한눈팔지 않고 공부하는 것만이 꿈을 이루는 길이라는 것을 알려 주고 싶었다.

물론 그 원칙을 지키기란 쉽지 않았다. 나부터 참을성을 길러야 했다. 나는 아이들이 잘못을 저질러 화가 나더라도 그 순간 화를 터뜨리지 않고 참아 넘기려 노력했다. 내 감정을 가라앉힌 다음 타이르거나 회초리를 들었다. 그렇게 마음을 다스려 내 원칙이 깨지거나 흔들리지 않도록 했다.

맨 처음 내가 한 일은 매일매일 작은 목표를 하나씩 정해 놓고 그날 안에 그 일을 마치도록 가르치는 것이었다. 예를 들어 하루에 책상 서랍 한 칸씩 정리하기, 공책 두 쪽 분량으로 글씨 바르게 쓰는 연습 해 보기 등 부담스럽지 않게 그날 해야 할 일을 스스로 정하고 실천하도록 아이들을 지도하는 것이었다. 별것 아닌 듯 보이지만 어릴 적부터 자기 일을 찾아서 하는 습관을 들이는 게 가장 중요하다고 생각했다.

성취감을 경험한 아이들은 더 큰 목표도 이룰 수 있다는 자신감을 갖게 되었다. 나는 아이들이 목표한 일을 해낼 때마다 평소에 갖고 싶어 하던 물건이나 학용품으로 보상을 해 주었다. 나는 아이들 교육에 물질적인 보상도 필요하다고 생각한다. 그 보상이 동기가 되어 더 큰 성과로 이어진다고 믿는다. 연우와 상우는 어릴 때부터 목표를 정하고 실천해 보상을 받으며 성취감과 자신감을 쌓았다.

우리가 살던 골목에는 리어카를 끌고 폐지와 고물을 주우러 다니는 노인이 있었다. 노인에게 종이 뭉치를 건네면 강냉이나 꽃소금을 한 됫박쯤 받을 수 있었는데, 나는 푼돈이라도 아껴 보려고 폐지를 모아 놓고 리어카가 오기를 기다렸다. 사고 싶고 하고 싶은 모든 것들은 '우리 집을 마련한 뒤'로 미뤘다. 아이들에게도 그 흔한 레고나 인형 한번 제대로 사 준 적이 없었다. 그 대신 밑그림 위에 마음대로 색을 칠할 수 있는 값싼 스케치북을 사 주었다. 아이들의 옷은 친척이나 친구 들에게 물려받아 입혔고, 나 역시 친정 동생들이 입지 않는 옷을 가져다 입었다.

몇 년 동안 라디오 프로그램에 사연을 보내서 상품을 받아 생활하기도 했다. 우연히 라디오 프로그램에서 상품을 주는 걸 듣고 사연을 써서 보냈는데, 방송에 소개되어 값비싼 상품을 받게 된 것이다. 그 뒤로 나는 여러 프로그램에 자주 사연을 써서 보냈고 가구와 가전제품 등 셀 수 없이 많은 상품들을 받았다. 그 상품들은 필요할 때 요긴하게 쓰기도 했고 보관해 두었다가 친지들의 생일이나 기념일에 선물하기도 했다. 그렇게 알뜰히 모은 돈으로 새 아파트 분양 대금을 치렀다.

새 아파트에 입주할 때까지 아침저녁으로 셋집 옥상에 올라가 빨래를 널고 걷으며, 문안 인사라도 하는 기분으로 아파트 건설 현장을 바라보곤 했다. 언제쯤 저기 들어가 살 수 있을까, 별 탈 없이 입주할 수 있을까 초조한 마음이었다. 타워크레인이 들어선 뒤로는 매일 그 높이의 변화를 가늠해 보며 아파트가 완공되기를 손꼽아 기다렸다. 주말에 가끔 아이들을 데리고 건축 현장에 가 보기도 했다.

"연우야 상우야, 잘 봐. 여기에 우리 집이 생길 거야. 아파트 말이야."

"정말? 우리도 이제 아파트에서 살게 되는 거야?"

상우가 신이 난 듯 물었다.

"엄마, 저 중에 어떤 곳이 우리 집이 될까?"

연우도 건축 자재가 어지럽게 널린 공사장을 호기심 가득한 눈으로 둘러보았다. 엉성하던 구조물은 찾아갈 때마다 조금씩 바뀌어 어느새 아파트의 형태를 갖추어 갔다. 우리는 그 변화의 과정을 직접 바라보고 기쁨을 느끼며 집으로 돌아오곤 했다. 그리고 1995년 11월, 오랜 기다림 끝에 새 아파트로 이사했다.

내 집에서 산다는 건 어떤 기분일까. 결혼한 뒤 처음으로 내 집을 갖게 되기까지 남편도 나도 참 쉽지 않게 살았다. 지난 일들이 하나둘 머릿속을 스치고 지나갔다. 우리 가족은 조합이 결성된 지 7년이 지나고서야 새 아파트에 입주할 수 있었다. 아파트 건립 과정이 순조롭지 않았기 때문이다. 그사이 시간은 남편과 나, 그리고 어렵게 마련한 우리 살림살이에 세월의 흔적을 선명하게 남겨 놓았다. 반짝이던 가구들은 색이 바랬고, 우리 부부의 입가에는 잔주름이 잡혀 있었다. 하지만 그래도 좋았다.

'드디어 내 집이 생겼다. 이제 더 이상 셋집을 찾아다니지 않아도 된다.'

새 아파트를 마주한 순간, 말로는 표현할 수 없는 기쁨이 몰려왔다. 모든 것을 바쳐 마련한, 우리 가족의 첫 집이자 마지막 집이 될지도 모를 아파트였다. 그만큼 소중했다. 너무 벅찬 나머지 불안감마저 들었다.

새 아파트로 이사한 뒤 남편은 미국 유학을 준비하기 시작했다. 공무원의 업무 능력 향상을 위해 국가에서 지원하는 장기 해외 연수 프로그램으로, 교육부 소속인 남편은 교육행정학 박사 학위 취득을 목표로 공부할 계획이었다. 동료들은 대부분 임용 초기에 유학을 다녀왔지만, 남편은 어려운 집안 형편 때문에 계속 기회를 놓치다가 마흔을 훌쩍 넘기고서야 결심을 하게 된 것이었다. 그리고 그 무렵 갑자기 가족들에 대한 신원 조회가 시작되더니 남편이 청와대 민정비서실로 발령이 났다. 남편의 발령은 고시 출신 공무원들에게 특별한 일이 아니었다. 하지만 시누이와 시동생은 사업에 도움이 되리라는 생각을 했는지 무척 흥분한 모습을 보였다. 어쨌든 그때는 모든 일이 잘 풀려 가는 것 같았다. 그토록 소망하던 내 집을 마련했고, 남편도 원하던 대로 유학을 떠날 수 있게 되었으니 앞으로는 지금까지와 전혀 다른 새로운 삶을 살 수 있으리라 생각했다. 이제 어려운 시절은 다 지나가고 순탄한 앞날이 펼쳐질 거라고, 나는 행복한 꿈을 꾸고 있었다.

엄마, 우리는
어떻게 되는 거야?

1997년 봄부터 경제 대란이 닥칠지도 모른다는 소문이 뒤숭숭하게 떠돌았다. 사람들은 모이기만 하면 대 환란이 임박했다고 수런거렸다. 나는 불안한 마음에 조심스레 남편에게 묻곤 했다.

"여보, 우리는 별일 없는 거지? 우리 집은 괜찮겠지?"

그때마다 남편은 아무렇지 않은 표정으로 말했다. 괜찮다고, 아무 일도 없을 거라고……

그런데 좋은 징조로 여겼던 남편의 청와대 발령은 곧 재앙으로 바뀌었다. 청와대라는 이름은 내가 상상했던 것보다 훨씬 더 큰 위력을 가지고 있었다. 남편이 보증으로 떠안게 된 빚의 규모만 보아도 알 수 있었다. 은행은 보통 사람에게는 절대 가능하지 않을 액수를 대출해 주었다. 근무지만 바뀌었을 뿐 남편의 봉급은 그대로인데 은행은 청와대의 힘을 믿었던 모양이다. 결국 소문대로 IMF 사태가 닥쳤고 우리 가족은 한순간에 벼랑 끝으로 내몰렸다. 봉급이 압류되었고 남편은 신용불량자 신분이 되었다. 그렇게 남편의 삶과 명예도 바닥으로 내동댕이쳐졌다.

어떻게 아내인 나도 모르게 보증을 많이 하고도 아무 일 없는 듯 괜찮다고 말할 수 있었을까. 남편이 원망스러웠다.

IMF 때문에 부도가 났다고 했지만, IMF가 아니어도 언젠가는 잘못되었을 사업이었다. 10년이 넘도록 남편의 봉급을 빼 가던 사업이 아니었던가. "아무 일도 없을 것"이라던 남편. 아무리 형제 사이라지만 집과 봉급을 통째로 내맡기고도 어떻게 그렇게 철석같이 믿고만 있을 수 있었을까. 그들의 말만 믿지 말고 회사 재무 상태라도 확인해 보았더라면 최악의 사태는 막을 수 있었으리라는 생각이 들었다. 무리한 요구는 단호히 거절하고 단념시켰어야 했다. 그때 도움을 거절했더라면 당장은 서로 마음이 편치 않았을지라도 모두가 함께 무너지는 끔찍한 일은 벌어지지 않았을 것이다. 그러나 남편은 그렇게 하지 못했다.

그리고 우리 집. 초라한 봉급을 쪼개고 또 쪼개 결혼 11년 만에 간신히 장만한 소중한 내 아파트도 허무하게 사라져 버렸다. 먹고 싶은 것, 사고 싶은 것, 하고 싶은 것 모두 다 미루어 가며 간신히 마련한 아파트였는데, 결국엔 부질없는 짓이 되고 말았다. 우리 가족은 그곳에서 겨우 2년 2개월을 살았다. 우리는 왜 그 집을 장만했을까. 왜 그렇게 내 집 마련에 매달렸을까. 그러지 말았어야 했다. 차라리 우리 아이들에게 더 나은 밥과 옷을 주었어야 했다.

어떻게 이런 일이 나에게, 우리 가족에게 일어날 수 있단 말인가. 내 남편이 그런 거금을 부릴 만큼 무모한 사람이었던가. 남편은 부모의 빚을 갚고 형제들을 돕는 일 외에는 자신은 물론 아이들에게조차 마음 편히 돈을 써 본 적이 없는 사람이었다. 차라리 연우와 상우가 원하는 것을 단 한 번이라도 마음껏 해 주고 일을 당했더라면 마음이 덜 아플 것 같았다.

정신 나간 사람들처럼 매일 이곳저곳을 뛰어다니며 갈피를 잡지 못하는 엄마 아빠 곁에서 아이들은 어리둥절한 채 학교에 다녔다. 남편과 내가 밤늦게까지 집을 비우면 두 남매는 거실에 오도카니 앉아 우리가 돌아오기를 기다렸다가 현관문이 열리는 것을 확인하고서야 잠자리에 들었다. 엄마 아빠가 왜 갑자기 정신없이 돌아다니는지, 왜 낯선 사람들이 현관문을 두드려 대는지, 아이들이 궁금해하리라는 생각은 들었지만 자세한 사정을 설명할 겨를이 없었다. 살길을 찾느라 바빠 아이들이 얼마나 큰 충격을 받았을지, 얼마나 불안할지 그 마음을 미처 헤아려 주지 못했다. 더욱이 남편은 그 일이 터지기 전부터 유학을 결정하고 준비해 온 터라 온 가족이 곧 미국으로 떠나야 해 경황이 없었다.

아마 열세 살이었던 연우의 마음은 나만큼이나 심란했을 것이다. 제 속에 있는 생각을 표현하지는 않았지만 그 무렵 연우의 표정은 전보다 복잡해 보였다. 집안일이 심상치 않게 돌아간다는 것쯤은 알고도 남을 나이였다. 게다가 친구들과 헤어져 낯선 미국 생활에 적응도 해야 하니 이런저런 걱정들이 겹쳐 더 혼란스러웠을 것이다. 하지만 나는 그런 아이의 마음까지 돌볼 여유가 없었다. 어쩌면 연우는 어찌할 바를 모르고 허둥대는 엄마의 모습을 보며 꺼내려던 말들을 삼키고 내내 참았는지도 모른다.

아이들에게 미안해서였을까. 이리저리 돌아다니는 와중에도 연우와 상우의 어릴 적 모습이 떠올라 눈시울이 뜨거워지고는 했다. 연우가 조용필의 「허공」을 부르며 온 동네를 돌아다녀 창피했던 일, 피아노 연주회에서 직접 작곡한 곡을 멋지게 연주해 낸 일, 그리고 상우가 실수로 냉장고에 든 꿀 병을 깨뜨린 것을 두고 손찌검까지 하며 혼냈던 일까지 하나하나 머릿속에 또렷하게 떠올랐다. 그동안 잘해 준 것 하나 없는데 이젠 부모의 잘못으로 아이들에게 이루 말할 수 없는 고통을 안겨 주어 미안하고 또 미안했다.

어느 날 오후, 나는 연우를 데리고 집 근처 카페로 갔다. 큰아이에게는 대강이라도 집안 돌아가는 사정을 들려주어야겠다는 생각이 들었고, 나 역시 심란하고 착잡한 마음을 나눌 친구가 필요해서였다. 갑자기 어른들이나 드나드는 카페에 데리고 가자 연우는 어리둥절한 표정으로 주변을 두리번거렸다. 나는 그런 아이를 붙잡고 입을 열었다.

"연우야, 엄마 말 잘 들어. 이제 우리는 집이 없어졌어. 앞으로는 저 아파트에서 살 수가 없게 되었어. 마음 아프지만 절대로 희망 잃지 말고 잘 이겨 내자.”

어린 자식을 앞에 두고 그런 말을 하려니 가슴이 미어지는 것 같았다. 나는 애써 차분한 목소리로 말을 마치고 연우를 바라보았다. 연우는 금세 얼굴 가득 걱정이 번져 나를 쳐다보더니 이렇게 물었다.

“엄마, 그럼 이제 우리는 어떻게 되는 거야?”

나는 조용히 대답했다.

“아직은 엄마도 잘 몰라. 우선은 미국에 가서 열심히 사는 것만 생각하자.”

다시
일어설 수 있다면

남편은 미국 아이오와 대학으로부터 입학 허가서를 받았다. 하지만 IMF의 영향으로 장기 해외 연수 결재가 늦어지고 있었다. 갑자기 모든 게 불확실하고 불투명해졌다. 결재를 기다리는 사이 환율은 계속 올랐다. 외환 위기가 닥치기 전 달러당 800원대였던 환율은 IMF 사태 이후 2000원 가까이 치솟았다. 조금이라도 환율이 유리할 때 달러로 바꿔 놓아야 하는데 아무것도 결정이 나지 않으니 초조하고 답답하기만 했다. 가까스로 출국하기 일주일 전에야 결재가 떨어졌다. 대학 개강 일정에 맞추려면 서둘러야 했다. 우리는 급히 짐을 싸기 시작했다.

남편과 나는 남대문 시장을 찾아 이민 가방을 사고 미국에서 쓸 생필품들도 사들였다. 환율이 그토록 치솟지만 않았어도 미국에 가서 그때그때 필요한 물건들을 사서 쓸 수 있었을 것이다. 하지만 그럴 형편이 되지 않으니 한국에서 조금이라도 싸게 사 가야 했다. 아이들이 다니던 학교에서 밟아야 할 절차들도 남아 있었고, 미국 학교가 요구하는 서류와 건강 검진표도 준비해야 했다. 남편은 3년 뒤 한국에 돌아올 것을 생각해 두 아이에게 필요한 한국 교과서와 문제집부터 챙겼다. 연우는 한국에 돌아오면 중학교 과정을 건너뛰고 바로 고등학교에 진학할 테니, 한국 교육 과정도 신경 쓰지 않을 수 없었다. 너무 많은 일들이 한꺼번에 닥쳐오니 말할 수 없이 혼란스러웠다. 마치 세찬 물살에 휩쓸리듯 내 의지와 상관없이 움직이고 있는 것 같았다.

그사이 아이들은 겨울방학을 맞았다. 상우는 친구들과 게임을 하며 한국에서의 마지막 시간을 보냈다. 남자아이들이라 그런지 선물을 주고받기보다 게임으로 작별 인사를 대신하는 모양이었다. 초등학교 졸업을 앞두고 있던 연우는 졸업식에 참석하지 못하게 된 것을 몹시 아쉬워했다. 연우는 매일 친하게 지내던 친구들을 만나 작별 선물을 주고받으며 아쉬움을 달랬다. 친구들은 만화 그리기를 좋아하는 연우에게 종이와 펜 등 미술 도구를 선물하기도 했다.

연우는 그 나이의 여자아이답게 컴퓨터 통신과 농구, 그리고 당시 최고의 아이돌 그룹이었던 H.O.T에 푹 빠져 있었다. 공부뿐만이 아니라 노는 일에도 열성적인 아이였다. 보증 사고가 터지기 전 남편 동기들과의 가족 나들이에서 멋진 춤 솜씨로 우리를 놀라게 하기도 했다. 아이들에게 춤출 시간을 주자 연우는 맨 앞으로 달려 나가더니 유연한 동작으로 춤을 추기 시작했다. 그동안 몰랐던 딸아이의 색다른 모습에 남편과 나는 당황했지만 사람들은 환호했다.

그렇게 밝고 명랑한 연우의 모습이 변할까 봐 두려웠다. 온 집안이 쑥 대밭이 된 처지에 낯선 나라, 낯선 학교에 적응해야 하니 받아들이기가 얼마나 힘들었겠는가. 어른인 나도 두려운데 이제 초등학교 졸업을 앞 둔 아이야 더 말할 필요도 없을 터였다. 그저 모든 일이 걱정스럽고 심란 하기만 했다. 채권단은 채무자와 보증 채무자 들의 가족과 친족에 이르 기까지 광범위하게 재산 내역을 조사하고 있었다. 우리는 아파트 경매며 빚 문제를 모두 시숙에게 맡기고 출국할 수밖에 없었다.

법무사 사무실과 남대문 시장을 드나들며 난리를 치르는 사이, 미국으 로 떠날 날이 다가왔다. 아이들은 가방에 한국 교과서와 좋아하는 책 몇 권을 넣었다. 미국에 건너간 뒤 짐이 도착할 때까지 볼 책이었다. 남편은 컴퓨터 본체와 모니터를 챙겼고, 나는 당장 필요한 반찬 꾸러미를 손에 들었다. 우리는 각자 가지고 갈 수 있을 만큼의 짐을 챙겨 집을 나섰다. 환율은 끝없이 치솟고 있었다. 우리는 2000원에 가까운 환율로 바꾼 달 러를 움켜쥐고 미국행 비행기에 올랐다. 배웅하려고 공항에 나온 친정 식 구들이 우리 가족을 격려했지만 아이들은 침울한 표정을 감추지 못했다.

어떤 사람들은 미국으로 나가게 된 것이 오히려 잘된 일인지도 모른 다고 말했다. 잠시 한국을 떠나 복잡한 머리도 식히고 아이들은 영어도 익힐 수 있으니 오히려 전화위복인 셈이라고 했다. 우리 가족을 위로하려는 뜻에서 한 말일 것이다. 하지만 마지못해 끌려가듯 미국으로 떠나는 내게 그런 말은 조금도 위로가 되지 않았다. 대학을 졸업한 뒤로 영어 공부를 해 본 일이 없으니 우선 의사소통에 어려움을 겪을 일이 걱정되었다. 남들은 출국을 앞두고 온 가족이 학원에 다니며 영어 공부를 한다는데 엄청난 빚을 떠안은 우리에게 그런 건 생각조차 할 수 없는 사치였다. 게다가 IMF의 여파로 정부에서 지원하는 체재비마저 삭감된다고 해 마음이 무거웠다. 우리는 줄어든 체재비를 모아서 귀국한 뒤 살 집을 얻는 데 보태야 했다.

이런저런 생각들로 머리가 터질 듯이 복잡했다. 미국으로 향하는 비행기에 오르면서도 그 낯선 땅에서 3년이라는 시간을 어떻게 살아야 할지 막막하기만 했다.

공항에서 친척들과 작별 인사를 하는 내내 시무룩해 있던 아이들은 비행기에 탄 뒤부터 기운을 차리기 시작했다. 하늘 위를 날면서도 땅에서처럼 걸어 다니고 하고 싶은 일을 할 수 있다는 게 신기한 모양이었다. 연우는 세 살 때 외할머니와 함께 제주도에 다녀온 적이 있었지만, 상우가 비행기를 탄 것은 그날이 처음이었다. 상우는 창밖을 보며 연신 외쳐 댔다.

"누나, 지금 우리 하늘 위에 있는 거지? 우아, 엄청 신기하다. 하늘 위에서 밥도 먹고 영화도 볼 수 있네."

기내식이 나올 시간이 되자 연우가 상우의 귀에 대고 속삭였다.

"너 뭐 먹을 거야? 나는 치킨 먹을 건데."

"고를 수 있는 거야? 뭐 주는데?"

"비프랑 치킨 중에 고르면 돼."

"그럼 나는 비프 먹을래."

아이들은 흥분한 탓인지 잠도 자지 않았다. 가끔 승무원에게 음료수를 부탁해 마시고 영화를 보았다. 그러다 지루해지면 만화를 그리며 시간을 보냈는데, 승무원들이 그림에 관심을 보이면 진지하게 설명도 해 주었다. 비행기를 타기 전 침울한 표정을 보여 걱정했는데 금세 밝은 모습으로 돌아와 제 할 일을 하는 아이들에게 고마운 마음이 들었다. 아이들의 모습을 보고 있자니 우울했던 기분도 조금 가시는 것 같았다. 미국에서 사는 동안에도 내내 그렇게 구김살 없이 지내 주기를 간절히 바랐다.

'그래, 어린 연우랑 상우도 저렇게 밝게 웃고 있지 않은가.'

'걱정한다고 해서 달라지는 건 아무것도 없다. 미국에 가서 힘든 일이 생기면 그건 그때 생각하자.'

나는 잃어버린 집 생각과 앞날에 대한 걱정을 누르며 아이들과 웃고 이야기를 나누었다. 그렇게 우리는 기대와 불안을 안은 채 한국 땅에서 멀어지고 있었다.

우리는 조금씩 미국 생활에 적응해 가고 있었다.

남편은 학위를 받기 위해, 나는 영어 실력을 늘리기 위해,

두 아이는 미국 학교에 적응하기 위해, 각자의 공부에 집중했다.

공부를 하다 보면 앞날에 대한 두려움도, 빚을 짊어진 설움도

잠시나마 잊을 수 있었다.

_변화의 바람 中

PART 2

1000일간의
도전

낯선 땅,
새로운 시작

시카고 공항을 거쳐 아이오와 주의 시더래피즈 공항에 도착했을 때는 밤 12시가 다 되어 있었다. 남편의 동료들과 그 가족들이 공항에 나와 우리를 맞아 주었다. 서로 간단히 인사를 나눈 다음 우리가 살게 될 아파트로 다 함께 몰려갔다. 늦은 밤이었지만 그들은 친절하게도 전화를 연결하고 난방이 제대로 들어오는지 살펴보며 당장 급한 일들을 나서서 도와주었다. 손님들이 돌아간 뒤 우리 가족은 한국에서 가져간 이불을 꺼내 덮고 자리에 누웠다. 낯선 곳에 누워 천장을 바라보고 있자니 내가 지금 어디에 와 있는 건지 분간이 되지 않았다. 이런저런 생각에 좀처럼 잠이 오지 않아 뒤척이며 첫날 밤을 보냈다.

다음 날 아침 일찍 일어나 창밖을 내다보았다. 쌓인 눈 때문에 아무것도 보이지 않았다. 앞으로 여기서 어떻게 살아가야 할지 막막하기만 했다.

그곳에서는 직원이 새로 오면 대강 살림을 갖출 때까지 먼저 와서 살고 있던 직원들이 도왔다. 미국에서 보내는 첫날, 우리 가족의 아침밥을 챙겨 준 사람은 갓 결혼해 유학 온 사무관 부부였다. 사무관의 아내가 시금치 된장국을 끓여 우리 앞에 내놓았다. 비행기로 꼬박 하루를 날아 도착한 먼 나라 미국에서 맛보는 내 나라의 음식이었다. 된장국을 한 숟갈 뜨는데 울컥 눈물이 났다. 그렇게 맛있을 수가 없었다.

주말이 지나고 연우와 상우가 미국 학교에 입학하는 날이 되었다. 연우는 초등학교 6학년에, 상우는 4학년에 입학하기로 했다. 사무관의 아내가 차를 가지고 와서 나와 아이들을 학교까지 데려다 주었다. 새댁의 도움을 받아 담임 교사에게 인사를 하고 아이들을 소개했다. 나는 아이들이 교실로 들어가는 것을 보고 집으로 돌아왔다가 수업이 끝나는 오후 3시에 다시 아이들을 데리러 가기로 했다. 집에 있으려니 연우와 상우가 말도 잘 통하지 않는 낯선 교실에서 어떻게 시간을 보내고 있을지 걱정되었다. 가뜩이나 어려워진 집안 형편에 기가 꺾인 아이들이 낯선 환경에 던져져 교실 한구석에 쪼그리고 앉아 있지나 않을까. 그 모습이 자꾸만 눈앞에 어른거렸다.

오후 3시에 아이들을 데리러 새댁과 다시 학교에 갔다. 건물 안으로 들어가 보니 교무실 앞 게시판에 아이들을 소개하는 커다란 인쇄물 두 장이 붙어 있었다.

'웰컴 투 커크우드!'

커크우드는 두 아이가 다니게 될 초등학교의 이름이었다. 환영 문구 아래에는 즉석에서 찍은 연우와 상우의 사진이 붙어 있었고, 두 아이의 이름과 나이, 학년, 국적, 좋아하는 활동과 색깔, 음식까지 자세히 적혀 있었다. 교실에도 환영 인쇄물이 붙어 있었다. 아이들이 새로운 환경에 좀 더 쉽게 적응하도록 도우려는 학교의 배려였다. 그것을 보자 마음 한편이 따뜻해지는 것 같았다.

"엄마, 엄마! 오늘 되게 재미있었어."

아이들이 ESL(English as a second language) 반 교사와 함께 환한 얼굴로 나타났다. 영어를 모국어로 쓰지 않는 아이들이 모여 공부하는 반이니 서로 말도 잘 통하지 않았을 텐데 재미있다니 의외였다.

"안녕하세요. 오늘 연우와 상우를 만나게 돼서 정말 즐거웠어요."

어리둥절한 채 서 있는 내게 ESL 교사가 다가와 인사를 건넸다.

"애들이 하루를 무사히 보냈을지 많이 걱정했어요."

곁에 서 있던 사무관의 아내가 내 말을 통역해 주었다. 그 말을 들은 교사가 웃으며 내게 말했다.

"걱정 마세요. 두 아이 모두 적극적이라 다른 아이들보다 빨리 적응한 편이에요."

아이들도 웃고 있었다. 그 모습을 보고 있자니 아이들이란 어른들과 다른 세상에 살고 있는 존재가 아닌가 하는 생각이 들었다. 나는 잠깐 동안 낯선 외국인들에게 둘러싸여 있는 것만으로도 어색하고 불편해 견딜 수가 없는데, 두 아이는 마냥 신이 나는 얼굴이었다.

"엄마, 선생님이 친구들한테 이름을 말해 주라고 해서 내 이름을 알려 줬어. ESL 반에 가서 누나랑 같이 한 시간 동안 공부했는데, 우리나라 애들도 있고 다른 나라에서 온 애들도 같이 있었어. 얼굴도 다르게 생겼는데 같은 반에서 공부한다니 진짜 신기해."

상우가 흥분한 목소리로 말했다.

"영어 이름도 정했어. 나는 엘리사, 상우는 스티븐이야. 우리 앞으로도 ESL 반에서 같이 공부하게 될 거래. 근데 나중에 영어를 잘하게 되면 ESL 반에 안 나가도 된댔어."

연우가 덧붙였다.

"여기 애들이랑 선생님들은 한국 학교보다 더 친절한 것 같아. 나는 벌써 대니얼이라는 애랑 친구가 됐어. 그리고 점심으로 진짜 맛있는 걸 준다니까. 오늘 메뉴는 피자였어. 마카로니 치즈도 있었고."

상우가 신이 나서 떠들었다.

아이들은 내 걱정과 달리 주눅 들거나 자신감 없는 모습을 조금도 보이지 않았다. 학교생활에 적응하지 못할까 봐 조마조마했던 건 엄마인 나뿐인 듯했다. 나는 평소와 다름없는 아이들의 모습을 보며 한시름을 놓았다.

연우와 상우는 남편을 닮아 낯선 환경이나 새로운 대상을 만나도 잘 적응하는 편이었다. 남편은 두 아이와 잘 놀아 주었는데, 연우가 걸음마를 시작하자마자 성급하게 자전거 타는 법을 가르치느라 온 동네를 시끄럽게 만들기도 했다. 상우도 걸음마를 떼고부터 야구를 배웠다. 가끔은 부자가 함께 관악산을 넘었는데 그러면서 자연스럽게 서로 대화하는 법을 배웠다. 남편은 아이들을 탁구장과 테니스장, 볼링장에도 데리고 다녔다.

남편은 무슨 일을 대하면 적극적으로 시도하는 편이었다. 그리고 한번 시작하면 끝까지 성실하게 해냈다. 나는 뭔가를 결정하기에 앞서 오래 생각하고 망설이지만 남편은 생각을 끝내면 바로 행동으로 옮겼다. 귀찮다고 몸을 사리는 법이 없었다. 남편의 그런 행동력은 아이들에게 좋은 본보기가 되었다. 연우와 상우는 어린 시절부터 아버지의 모습을 보며 스스로 공부하는 법을 익혀 나갔다. 물질적으로 마음껏 지원해 주거나 공부하기에 좋은 환경을 만들어 주지는 못했지만 그보다 더 값진 자산을 아이들에게 물려주었다고 생각한다.

새로운 환경에 순조롭게 적응해 나가는 아이들의 모습을 보면 미국에서 지낼 시간이 괴롭지만은 않을 거라는 기대감이 생겼다. 어차피 미국에서 3년을 살아야 하니 나도 내 처지를 비관만 하고 있어서는 안 되겠다는 생각도 들었다.

"엄마, 선생님이 이거 엄마한테 전하래."

학교에서 돌아온 아이들이 담임 교사에게 받은 메모를 건넸다. 한 학기 동안 필요한 학용품을 준비하라는 내용이었다. 아이들이 학교를 다니는 데 든 비용은 얼마 되지 않는 학용품과 급식비가 전부였다. 우리 형편을 생각하면 참 다행스러운 일이었다.

딱 한 가지 불편한 점은 집에서 학교까지 가는 대중교통이 없다는 것이었다. 그래서 매일 등교 시간과 하교 시간에 맞춰 아이들을 태우고 학교와 집을 오가야 했다. 차를 마련할 때까지는 미안함을 무릅쓰고 사무관의 아내에게 도움을 청할 수밖에 없었다.

우리는 먼저 미국에 건너온 남편의 동료와 함께 적당한 차를 찾아 중고차 매장을 돌아다녔다. 하지만 중고차 수요가 많은 곳이라 가격이 비싼 탓에 며칠을 다녀도 마음에 드는 차를 찾지 못했다. 가지고 간 돈이 얼마 되지 않으니 어쩔 수 없었다. 조금 더 돌아다니며 싸고 좋은 차를 찾아보고 싶었지만 매번 동료에게 폐를 끼쳐야 하니 그럴 수 없었다. 대중교통이 없어 차를 살 때까지는 아이들을 학교에 데려다 주고 데려오는 일을 다른 사람에게 부탁해야 했다. 우리 처지에 맞는 차가 나타날 때까지 기다릴 수 없는 노릇이었다. 우리는 일주일 동안 발품을 판 끝에 어렵사리 중고차를 구입했다.

나는 주말에 잠깐 운전 연습을 해 본 다음 월요일부터 바로 두 아이와 남편을 태우고 학교를 오가기 시작했다. 운전을 시작한 지 며칠 지나지 않은 어느 날이었다. 먼저 남편을 대학에 내려 주고 집으로 돌아와 두 아이를 학교에 데려가야 했는데, 갈 때는 문제없던 도로가 돌아올 때는 폭설로 폐쇄되어 있는 게 아닌가. 미국에 도착한 지 얼마 안 된 데다 운전을 시작한 지도 겨우 며칠 째. 다녀 본 길 이외의 다른 길을 알 리가 없었다. 게다가 나는 영어도 서툴렀다. 내비게이션도 없던 시절이었다. 당황한 나는 안내판 앞에서 우왕좌왕하기 시작했다. 얼른 집에 돌아가 아이들을 늦지 않게 학교에 데려다 줘야 한다는 생각뿐이었다. 사거리에는 경찰이 나와서 교통정리를 하고 있었다. 경찰에게 다가가 서툰 영어로 더듬더듬 길을 묻고 이곳저곳을 헤맨 끝에 겨우 집에 도착했지만, 이미 아이들의 등교 시간을 훌쩍 넘긴 뒤였다. 집에 들어서자 아이들이 가방을 멘 채로 앉아 있다가 울음을 터뜨렸다.

"엄마, 왜 이제 와. 학교에 못 가는 줄 알았잖아."

"조금 더 기다려 보고 안 오면 그냥 걸어서 가려고 했어."

하루하루 미국 학교에 적응해 가고 있는 두 아이를 수업에 빠지게 할 수는 없었다. 급히 아이들을 태워 학교로 향했다. 엄마가 길을 잃고 헤매는 바람에 지각하게 됐다는 말을 선생님께 꼭 전하라고 당부한 뒤 집으로 돌아왔다. 서툰 운전 솜씨로 폭설이 내린 길 위를 헤매고 다닌 데다 아이들을 학교에 데려다 주느라 전쟁 아닌 전쟁까지 치르고 나니 온몸이 빈 자루처럼 푹 꺼져 버렸다. 어찌나 긴장했던지 팔다리가 다 욱신거렸다.

복잡한 서울 생활과 비교하면 아이오와의 생활은 단조로웠다. 아이들은 아침 8시 반이면 학교에 갔다가 오후 3시쯤 집에 돌아와 간식을 먹고 숙제를 했다. 저녁을 먹은 다음에는 온 가족이 함께 동네 레크리에이션 센터로 가서 탁구나 농구, 수영 등 운동을 했다. 그래서인지 학교에서는 주기적으로 학생들의 연주회를 열거나 학부모들을 불러 모아 '패밀리 데이(Family Day)'라는 이름의 간담회를 열었다. 매 학기마다 학부모와 교사가 만나 아이들의 학교생활에 대해 이야기하는 '컨퍼런스 데이(Conference Day)'도 있었다. 그런 행사를 경험하며 나와 두 아이는 아이오와에서의 생활에 조금씩 적응해 갔다.

서툰 언어 때문에 학교생활에 잘 적응하지 못할까 봐 걱정했지만, 연우와 상우는 다행히 큰 불편함을 느끼지 않았다. 아이들은 보면 볼수록 신기했다. 어른들은 말이 통하지 않는 것만으로도 자신감이 떨어지고 마음이 심란한데 아이들은 어떻게 그렇게 빨리 적응하는지 놀랍기만 했다. 아이들 대부분이 미국 학교생활에 쉽게 적응했다. 연우와 상우도 영어를 못해 아이들 사이에서 소외되거나 학교생활에 어려움을 겪은 적은 없었다. 어린아이들이라 언어 습득 능력이 어른들보다 뛰어나기도 하겠지만, 가장 큰 이유는 미국 학교의 환경이 경쟁 중심의 한국과 근본적으로 차이가 있기 때문인 것 같았다.

미국 학교의 교사들은 사소한 일로도 아이들에게 칭찬을 많이 했다. 아이들이 간단한 과제를 마치거나 제안을 하거나 하거나 친구에게 도움을 줄 때마다 "그레이트(Great)!"라는 말로 동기를 부여해 주었다. 또 다양한 인종이 모여 사는 곳이니만큼 인종 차별을 예방하는 교육도 이루어지고 있었다. 한국에서는 볼 수 없던 모습이어서 신선하게 느껴졌다.

변화의
바람

　처음 맞는 컨퍼런스 데이에 남편은 시간을 낼 수 없어 참석하지 못했
고 나 혼자 학교에 가서 아이들의 담임 교사를 만났다. 영어가 서툴러 교
사의 말을 제대로 알아듣지 못할까 봐 걱정이 앞섰다. 다행히 연우와 상
우의 담임 교사들이 나를 배려해 느리고 정확한 발음으로 이야기해 주
어 어설프게나마 이해할 수 있었다.

　"상우는 수학과 음악에 재능이 있네요."

　"연우는 수학, 과학은 물론 모든 방면에서 응용력이 탁월합니다. 그림
도 독특하게 잘 그리고요."

　나는 그 말을 듣고 깜짝 놀랐다. 두 아이를 낯선 미국 학교에 보내 놓
고 걱정을 하고 있었는데 교사들로부터 기대하지도 않았던 칭찬을 들은
것이다. 그날 집으로 돌아오는 길에 얼마나 마음이 뿌듯했는지 모른다.
미국 학교에 전학 온 지 한 달 반밖에 안 된 아이들이 벌써 새로운 환경

에 잘 적응해 담임 교사의 칭찬을 받고 있다니. 그런 아이들이 대견하고 고마웠다.

문득 연우의 17개월 무렵의 모습이 떠올랐다. 사촌이 학교에 가는 것을 본 연우는 저도 학교에 보내 달라고 졸랐다. 아직 학교에 들어가려면 멀었다고 말해 줘도 아이는 매일 아침 사촌에게 얻은 신주머니를 두 손에 꼭 쥐고 동네 학교로 사라졌다. 나는 살그머니 그 뒤를 따르다가 연우가 교문 안으로 들어가면 달려가서 데리고 돌아오곤 했다. 그러던 연우가 어느 순간부터 글을 읽기 시작했다. 나는 그때까지 연우에게 제대로 한글을 가르쳐 준 적이 없었다. 그저 늘 볼 수 있도록 텔레비전의 어린이 프로그램을 켜 놓았을 뿐이다. 연우는 혼자 텔레비전을 보며 글을 깨친 것이다. 글을 깨치자 연우의 호기심은 더욱 왕성해졌다. 전집을 들여놓을 형편이 되지 않아 동화책을 낱권으로 사서 아이 손에 쥐여 주었다. 곁에서 읽어 주거나 억지로 읽게 하지 않아도 연우는 호기심 가득한 눈으로 책에 빠져들었다. 연우는 태어날 때 예정일보다 2주 늦은 것을 제외하고는 나와 남편을 기다리게 한 적이 없었다.

그러나 하루가 다르게 자라는 아이를 바라보며 내 마음이 기쁘기만 한 것은 아니었다. 돈 문제로 고달파서 아이의 재능을 키워 줄 방법이 없었기 때문이다. 연우가 커 갈수록 어떻게 가르쳐야 할지 몰라 고민이 깊어졌다. 그때 흔들리는 내 마음을 잡아 준 사람은 바로 남편이었다. 남편은 아이의 재능을 순리에 맡기기를 원했다. 삶의 수순을 평범하게 밟아 나가도록 하자는 것이었다. 연우가 학교생활을 하며 친구들을 많이 사귀어 공부 이외의 것들도 배우기를 바라는 마음이었다. 아이에게 특별한 재능이 있다면 일찍부터 키워 주고 싶었기 때문에 아쉬움이 전혀 없지는 않았지만 남편의 생각을 따르기로 했다. 대신 나는 아이들을 자신의 노력으로 꿈을 이루어 내는 사람으로 키우리라 다짐했다. 그리고 그 다짐을 잊지 않기 위해, 아이들에게 말로만 지시하기보다는 함께 공부하고 함께 행동하는 엄마가 되리라 마음먹었다.

그때의 다짐을 떠올리자 새로운 자신감과 용기가 차올랐다. 나는 스스로에게 이런 주문을 걸었다.

'그래, 영어 따위에 기죽지 말자. 지금은 부족하지만 앞으로 열심히 공부하면 되는 거니까. 완벽하지는 않더라도 늘 열심히 노력하는 엄마의 모습을 아이들에게 보여 주자.'

나는 유학생 가족이 무료로 영어를 공부할 수 있도록 지원하는 커뮤니티 칼리지의 영어 클래스에 등록했다. 미국 생활에 적응하려면 영어 공부가 필요했고, 또 한편으로는 영어 클래스 수료증을 받아 3년 뒤 한국에 돌아가서 취업하는 데 쓰려는 계획도 있었다. 남편 봉급의 절반으로 생활해야 할 테니 영어 과외라도 해서 남편의 짐을 덜어 주어야겠다고 생각했다. 미국에 왔다고 해서 한가하게 즐길 여유는 없었다. 문법 시간에는 강사가 숙제를 내 주지 않아도 나 스스로 작문을 해서 제출했다.

완벽해질 때까지 고치겠다고 말하고 강사가 잘못된 부분을 지적해 주면 거듭 고쳐 냈다.

그 무렵 남편은 직장에서 걸려 온 전화 한 통을 받았다. 정식으로 봉급 압류분이 빠져나간다는 것을 알리는 전화였다. 이미 IMF의 여파로 공무원의 봉급 20퍼센트가 깎였고 체재비도 그만큼 줄어들어 있었다. 그뿐만이 아니었다. 한국의 채권단으로부터 남편의 소재를 확인하는 전화도 몇 차례나 걸려 왔었다. 빚을 피해 해외로 도피한 게 아닌지 확인하려는 것이었다. 남편은 매번 장기 해외 연수로 미국에 온 것일 뿐 도피 의도가 전혀 없다고 해명해야 했다. 그중에는 시누이와 시동생에게 사업 자금을 대출해 준 은행원 친구도 있었다. 그는 남편을 믿고 대출해 준 일로 직장에서 겪고 있는 고충을 이야기했다. 우리 가족의 사정을 뻔히 알면서도 전화를 걸 수밖에 없었을 그의 처지가 짐작이 되어 미안했다. 미안함을 느끼면서도 아무것도 해 줄 게 없는 우리 처지가 서글프기도 했다. 그런 전화를 받을 때마다 참담한 기분이 들었다.

그래서 더 열심히 영어 클래스에 나갔다. 거기서 러시아, 불가리아, 멕시코, 시리아, 인도 등 전 세계에서 온 사람들과 어울려 함께 공부했다. 얼마 지나지 않아 나는 한국 유학생들의 젊은 아내들과 가까워졌다. 그들은 내게 '위민스 클럽(Women's club)'이라는 여성 단체의 한 코디네이터가 한국어를 배우고 싶어 한다는 소식을 전해 주었다. 유학생 아내들 사이에서 잘 알려져 있던 그녀는 일본인 남편을 둔 50대 초반의 미국인 여

성이었다. 나는 그 말을 듣자마자 모임을 만들자고 제안했다. 우리는 일주일에 한 번씩 교대로 서로의 집에서 모였다. 오전에 만나 영어를 공부하고, 점심을 먹은 뒤에는 코디네이터에게 한국어를 가르쳐 주었다. 점심은 그날 모인 집의 주인이 준비했다. 한국어를 가르쳐 주고 영어를 배우는 그 모임은 미국에서 사는 동안 내게 큰 힘이 되어 주었고, 그 덕분에 영어 회화에 자신감이 붙었다. 나는 귀국하기 직전까지 그 모임을 이어 나갔다.

남편은 3년 동안 석·박사 과정을 모두 마치겠다는 계획을 세웠다. 남편이 유학 생활에서 겪는 어려움은 다른 사람들보다 훨씬 클 수밖에 없었다. 마흔이 넘은 나이에 젊은 사람들 틈에 섞여 영어로 공부를 해야 했으니 그 고충이 오죽했을까. 게다가 신용불량자 신분으로 공부를 시작했으니 온전히 공부에 집중하기도 쉽지 않았을 것이다. 그 때문인지 남편은 한국에서 보여 준 모습과 다르게 허둥거렸다. 더 심각한 문제는 불면증이었다. 공부에서 받는 압박감에 빚에 대한 고민까지 겹쳐 툭하면 잠을 설쳤다. 남편은 유학 시절 내내 불면증으로 시달렸고 한국에 돌아와 보증 채무를 갚을 때까지도 그 후유증으로 고생을 했다. 남편은 매일 저녁 식사를 마치자마자 차를 가지고 다시 대학 도서관으로 가서 자정이 지날 때까지 공부를 계속했다. 자정이 지나면 주차 요금이 면제되기 때문이었다. 남편은 박사 학위 논문을 제출할 때까지 그런 빡빡한 생활을 계속했다.

그때는 인터넷이 보급되던 무렵이어서 컴퓨터를 잘 다루지 못하면 대학원 공부를 하기가 쉽지 않았다. 남편은 컴퓨터를 다루는 문제로도 어려움을 겪었다. 그래서 주말이나 저녁에 연우를 대학 도서관으로 데려가 컴퓨터 사용법을 배우기도 했다. 그러는 사이 남편은 컴퓨터를 좀 더 능숙하게 다루게 되었고, 연우는 일찍부터 대학 도서관의 학구적인 분위기를 익힐 수 있었다. 남편과 연우가 대학에 가고 없는 사이 나는 상우를 데리고 집 앞 도서관에 가거나 근처 공원에 가서 함께 오리를 보며 시간을 보냈다.

아이오와 주의 초등학교 학사 일정은 1월부터 6월 초까지의 전반기 학기와 8월 말부터 12월 말까지의 후반기 학기제로 이루어졌다. 6월 초, 연우는 초등학교 졸업식을 하고 방학을 맞았다. 한국 학교에서 졸업식을 하지 못하고 떠나와 서운해했던 연우는 미국 학교에서 색다른 졸업식을 하게 되어 기분이 좋은 듯했다. 방학을 하자 남편의 동료와 그 가족 들은 모두 여행을 떠났다. 한 번 오기도 힘든 곳이니 이곳에 머무는 동안 부지런히 여행을 다녀야 한다는 것이었다. 모두들 미국 각지로, 캐나다로 떠났다. 하지만 우리는 그냥 아이오와에 남아 집과 도서관을 오갔다. 형편도 형편이었지만 아직 여행을 다닐 만큼 마음이 여유롭지 않았다.

친구들이 모두 떠나자 연우와 상우는 마치 따돌림이라도 당한 듯 풀이 죽었다. 친구들이 돌아올 때까지는 남매 단둘이서 시간을 보낼 수밖에 없었다. 집 주변에 갈 만한 곳이라고는 도서관과 레크리에이션 센터뿐이었다. 처음 며칠 동안 아이들은 도서관에서 공부를 하거나 집에서 만화영화를 보며 지냈다. 「파워 퍼프 걸」「스쿠비 두」 등 미국에 도착한 뒤부터 나와 아이들이 즐겨 보던 프로그램이었다. 그렇게 만화영화를 보면서 자연스럽게 영어도 익힐 수 있으니 아이들이 방학을 나름대로 충실히 보내게 될 것이라 생각했다.

그런데 며칠 지나자 아이들이 지루해하며 몸을 뒤틀었다. 나는 아이들을 데리고 마트에 가기로 했다. 대형 마트 쇼핑은 한국에서 경험해 본 적이 없어 아이들이 가장 즐거워하는 일이었다. 미국에 온 뒤로 아이들에게는 광고지를 챙겨 보는 새로운 습관이 생겼다. 연우와 상우는 광고지를 꼼꼼히 살피고 내게 사야 할 것들을 물어보며 할인 쿠폰까지 챙겼다. 아이들은 내게서 메모지를 받아 사야 할 물건이 진열된 곳으로 나를 데리고 갔다. 어릴 때부터 시장에 데리고 다니고 동네 슈퍼마켓에 심부름을 보내곤 했는데 이제는 오히려 아이들이 더 능숙하게 나를 챙겨 주고 있었다. 마트에 오기 전에는 풀이 죽어 있던 아이들이 신 나게 진열대 사이를 누비고 다녔다. 연우는 미리 챙겨 둔 쿠폰을 꺼내 놓고 계산이 정확한지 꼼꼼하게 확인했다. 두 아이 모두 엄마 아빠의 어려운 사정을 알고 저희들이 나서서 도와야 한다고 생각하고 있었던 것이다. 아이들이 그렇게 어른스러운 마음으로 도와주지 않았다면 아마 나는 미국 생활을 해나가는 데 훨씬 더 어려움을 겪었을 것이다.

　우리는 조금씩 미국 생활에 적응해 가고 있었다. 남편은 학위를 받기 위해, 나는 영어 실력을 늘리기 위해, 두 아이는 미국 학교에 적응하기 위해, 각자의 공부에 집중했다. 공부를 하다 보면 앞날에 대한 두려움도, 빚을 짊어진 설움도 잠시나마 잊을 수 있었다.

아들의 티셔츠

방학이 끝나고 연우는 중학교에 입학했다. 중학교에 입학하면서 이전과 가장 크게 달라진 점은 학생 각자가 직접 수강 신청을 해야 한다는 것이었다. 이곳 중학교에서는 대학교처럼 학생들이 각자 신청한 과목에 맞게 교실을 옮겨 다니며 수업을 들었다. 특히 수학은 입학할 중학교에서 미리 시험을 치고 그 성적에 따라 반을 나누어 수준별로 수업을 했다. 미국에서 나고 자란 아이들도 중학교에 진학할 때면 큰 변화에 적응하지 못해 힘들어한다고 했다. 그래서 부모와 교사 들은 그 시기의 아이들을 특별히 신경 써서 보살폈다. 하지만 연우는 그런 절차를 별로 어려워하지 않았다. 오히려 새로운 환경에서 새로운 공부를 하게 된 걸 반겼다. 연우는 전 과목을 차근차근 살펴보며 자신에게 맞는 과목, 듣고 싶은 과목을 스스로 선택해 수강 신청서를 작성했다.

미국에서 한 학기를 보내고 나자 아이들은 일상적인 대화를 자유롭게 나눌 수 있게 되었다. 여름방학이 시작되기 전 남편의 지도 교수 집에 초대를 받아 방문했을 때도 두 아이는 더듬거리는 우리와 달리 노교수 내외와 거침없이 대화를 나누었다. 시험 부담이 없는 곳에서 현지 아이들과 어울리며 자연스레 언어를 익힌 결과일 터였다. 영어가 늘지 않아 답답한 남편과 나는 스펀지처럼 쑥쑥 흡수하는 아이들의 적응력이 부럽기만 했다.

새 학기가 시작될 무렵 한 한국인 가족이 우리 아파트 옆 통로에 이사를 왔다. 교환 교수로 미국에 온 가족이었는데, 얼마 뒤 그 집 아이의 엄마가 도넛 한 상자를 들고 우리 집에 찾아왔다.

"우리 애가 내성적인 성격이라 낯선 환경에 잘 적응하지 못할까 봐 걱정이에요. 학교에 등록하러 갔다가 마침 이 집에도 같은 학년인 한국 아이가 있다는 얘길 듣고 인사라도 나눌 겸 찾아왔어요."

아이 엄마는 걱정스러운 얼굴로 내게 말했다. 그리고 아들이 학교생활에 잘 적응할 수 있도록 상우가 좀 도와주었으면 좋겠다는 말도 덧붙였다. 그 말을 들은 상우는 신이 난 듯 말했다.

"엄마, 내가 처음 여기 왔을 때도 친구들이 진짜 많이 도와줬어. 그러니까 이번에는 내가 도와야지. 같은 학년인 한국 친구가 생겨서 정말 좋아."

얼마 뒤 학교에서 돌아온 상우가 내게 달려오더니 이렇게 말했다.

"엄마, 걔가 운동장에서 놀다가 넘어져서 쩔쩔매고 있는데 내가 양호실에 데려다 줬어."

점심시간이 끝난 뒤 잠깐 동안 휴식 시간이 주어졌는데, 그때 그 아이가 운동장에서 놀다가 공에 맞아 넘어진 모양이었다. 그것을 본 상우가 달려가 도와주었다는 것이다. 상우는 친구에게 도움을 주었다는 사실이 뿌듯한 것 같았다. 그 뒤로도 상우는 친구가 영어를 몰라 어려움을 느낄 때마다 열심히 도와주었고 외국 아이들 사이에서 소외감을 느끼지 않도록 제 친구들과도 어울리게 해 주었다.

그렇게 몇 달이 지난 어느 날, 상우가 시무룩한 얼굴을 하고 집에 돌아왔다. 늘 명랑한 아이가 그런 얼굴로 들어오니 걱정이 되어 조심스레 물었다.

"상우야, 왜 그래? 학교에서 무슨 일 있었어?"

내 물음에 상우는 힘없는 목소리로 대답했다.

"걔가 애들 몇 명이랑 같이 날 놀렸어."

그동안 상우가 열심히 도와주었던 그 한국 아이를 말하는 것이었다.

"왜, 무슨 일로?"

"처음 미국에 와서 아무것도 할 줄 모를 때 내가 열심히 도와줬는데…… 어떻게 나한테 그럴 수가 있어? 진짜 실망했어."

나는 그 말에 깜짝 놀라 다시 물었다.

"왜, 무슨 일로 놀렸는데? 엄마한테 말해 봐."

"아니야. 별일 아니었어. 엄마는 그냥 몰라도 돼."

아이는 말을 삼키려는 듯 얼버무리더니 입을 다물어 버렸다.

가슴이 덜컥 내려앉는 것 같았다. 그간 우리 집안 형편이 어떤지 자세하게 들려준 적은 없었지만 상우도 이미 짐작하고 있을 터였다. 그 일로 아이가 소극적으로 변할까 봐 내내 걱정했는데 그 말을 듣자 불안해졌다. 그 뒤로 몇 번 더 캐묻자 상우는 한참이 지난 뒤에야 사실을 털어놓았다. 그날 친구들에게 당한 일을 제 입으로 옮기는 게 부끄럽기도 하고 엄마 마음을 상하게 할 것도 같아 숨겼다는 것이었다.

"걔가 우리 집이 가난하다고 놀렸어. 내가 이틀 동안 똑같은 티셔츠를 입고 왔다면서 나한테 더럽다고 했어. 에이, 엄마도 기분 나쁘지? 괜히 말했다."

그 말을 듣는 순간 등줄기로 찬물이 쏟아지는 느낌이 들었다. 그게 분노인지, 서러움인지, 아이를 향한 미안함인지는 알 길이 없었다. 온몸의 신경이 다 곤두서는 것 같았다.

사실 그 티셔츠는 누나인 연우의 작품이었다. 연우는 학교에서 열린 티셔츠 디자인 대회에 작품을 출품해 당선했고, 그 디자인을 새긴 티셔츠 한 벌을 기념으로 받아 왔었다. 하지만 티셔츠 치수가 너무 커서 연우에게는 맞지 않고, 대신 몸집이 큰 상우가 입기로 한 것이었다. 상우는 제 누나가 직접 디자인한 그 티셔츠를 자랑스러워했다. 그래서 이틀 동안 그 티셔츠를 학교에 입고 갔는데 그 아이가 더럽다며 놀렸다는 것이었다. 다른 아이들이 그런 일로 친구를 놀리는 건 비겁한 짓이라고 말렸는데도 멈추지 않았다고 했다. 누나의 작품을 자랑하고 싶었던 상우를 말렸어야 했던 걸까.

"내가 그렇게 열심히 도와줬는데, 나한테 이럴 줄은 몰랐어. 나쁜 자식."

상우의 말과 표정에서 깊은 배신감이 느껴졌다. 상우의 마음속에는 내게 차마 말하지 못한 감정이 숨어 있을 게 분명했다. 어려운 집안 형편에서 비롯된 열등감. 인정하고 싶지 않아도 어쩔 수 없었을 것이다. 상우에게서 그 이야기를 듣는 순간 나 역시 우리의 궁색한 형편을 떠올리고 있었으니까. 정말 갈아입을 티셔츠가 없었던 게 아닌데도 우리는 가난 앞에서 그저 움츠러들었다. 사람들이 우리 사정을 꿰뚫어 보고 비웃는 것만 같았다. 결국 모든 게 빚 때문이었을까. 아무리 감춰도 가난은 밖으로 새 나간다던 말이 떠올랐다. 감추고 있던 비밀을 들켜 버린 것처럼 마음이 불편했다.

나도 그 아이의 행동이 실망스러웠다. 그동안 친절하게 도와주었던 상우의 마음이 어땠을까 생각하니 속이 상했다. 별일 아닌 듯 여유 있게 넘기고 상우에게도 편하게 여기라고 말해 주고 싶었지만 야속하다는 생각이 드는 건 어쩔 수 없었다. 아이 엄마를 찾아가 그 일을 알리고 다시 사이좋게 지낼 수 있도록 타일러 달라고 말하고 싶었다. 하지만 그 앞에서 또다시 초라해질 내 모습이 떠올라 그렇게 되지가 않았다. 그때의 내게는 다른 이의 잘못을 이해하고 받아들일 여유가 없었다. 결국 두 아이에게 화해하는 시간은 오지 않았다. 몇 달 뒤 상우는 전학을 가게 되었고 그 아이와 가족은 한국으로 돌아갔다.

시간이 흐른 지금 그 일을 떠올리니 후회와 아쉬움이 남는다. 비록 여유 있는 모습까지는 보여 주지 못하더라도 아이의 엄마를 찾아가 이야기를 나누고 아이들을 화해시켰어야 했다. 그 일로 입은 상처는 지워지지 않은 채 상우와 내 기억에 남았다. 그리고 그날 이후 상우는 그 티셔츠를 다시 입지 않았다.

버거킹 와퍼 주니어의
기억

　　미국에서 보낸 첫 번째 여름방학 동안 두 아이는 여행을 떠난 친구들을 부러워하곤 했다. 그래서 겨울방학에는 큰마음을 먹고 여행을 떠나기로 했다. 한국에서 큰일을 당한 뒤로 삶을 대하는 내 가치관에도 변화가 생겼다. 돈을 아끼겠다는 생각만으로 3년 동안 학교와 집만 오가며 지낼 수는 없다고 생각하게 되었다. 그 일이 터지기 전까지 오직 내 집 마련을 목표로 다른 건 다 포기하며 살지 않았던가. 그렇게 일궈 놓은 것을 통째로 잃고 보니 그런 삶이 얼마나 어리석은지 뼈저리게 깨닫게 된 것이다. 똑같은 실수를 반복하지 않으리라 마음먹었다. 주어진 형편 안에서 아이들에게 도움이 될 만한 일, 기억에 남을 만한 일은 기꺼이 하기로 했다. 나는 비싸지 않은 뷔페 레스토랑이나 음식점을 찾아 매달 한 번씩 외식을 하기로 정했다. 그곳 사람들과 어울려 식사하며 그곳의 분위기를 경험하게 해 주기로 했다. 나는 연우와 상우가 어느 곳에 있더라도 낯선 문화를 거북해하지 않고 자연스럽게 받아들이기를 바랐다. 한 달에 한 번뿐인 외식을 그 훈련으로 생각하기로 했다. 외식하는 날을 손꼽아 기다리는 아이들의 모습, 그 달의 음식점과 메뉴를 고르며 들뜬 모습, 음식점에서 서비스를 받으며 테이블 매너를 배워 가는 아이들의 모습을 보는 일이 흐뭇했다. 그건 외식하는 데 들인 비용에 비할 바가 아니었다. 그 돈이 아까워 미국에서 지내는 내내 집에만 머물러 있었다면 어땠을까. 외국에서 3년이나 살고도 그 나라의 문화를 전혀 배우지 못한다면 그것이야말로 귀한 시간을 낭비하는 일이 아닐까. 우리 가족의 첫 번째 미국 여행 역시 그런 생각에서 내린 결정이었다. 그해 겨울, 우리는 아이오와를 떠나 플로리다 최남단의 키웨스트까지 다녀오기로 했다.

남편은 미국 지도와 여행안내 책자를 펼쳐 놓고 일정을 짜기 시작했다. 남쪽으로 내려가며 들러야 할 곳, 묵을 만한 곳, 도로를 바꿔 탈 때 빠져나갈 출구 번호까지 꼼꼼하게 찾아 기록했다. 그러는 동안 나는 여행 경비를 조금이라도 아껴 볼 셈으로, 안내 책자에 소개된 공원 입장료와 숙박비 등을 참고하며 예산을 짰다. 연우는 나와 머리를 맞대고 어느 여관이 아침 식사를 제공하는지, 만약 제공한다면 시리얼이나 베이글 정도의 간단한 메뉴인지 아니면 따끈한 음식이 포함되어 있는지를 살펴보았다. 아마 이웃들 중에 우리처럼 여행안내 책자를 이 잡듯이 샅샅이 훑어본 사람은 없을 것이다. 무엇보다 중요한 것은 적은 비용으로 최대한 의미 있는 여행을 하는 것이었다. 우리는 식비를 아끼려고 전기밥솥을 챙기고 멸치 볶음과 콩자반 등의 밑반찬을 아이스박스에 채워 트렁크에 실었다.

1998년 12월 21일, 우리 가족은 역사적인 첫 미국 여행에 나섰다. 다음 해 1월 1일까지 11일에 걸친 장거리 여행이었다. 그렇게 긴 시간 직접 운전을 하며 여행하는 건 처음이었다. 아이오와에서 플로리다까지는 얼마나 멀까, 무사히 집에 돌아올 수는 있을까, 온갖 생각들이 떠올라 긴

장이 되었다. 때는 크리스마스 휴일이었고, 도로는 폭설로 꽁꽁 얼어붙어 있었다. 하지만 엄마 아빠의 걱정을 아는지 모르는지 아이들은 첫 여행에 잔뜩 신이 나 있었다.

연우는 지도를 살펴보더니 인근 지형과 휴게소의 위치, 각종 편의 시설까지 단숨에 알아냈다. 나는 아무리 들여다보아도 아무것도 보이지 않는데, 눈썰미 좋은 연우는 도로의 모양만으로도 각 구간마다 걸리는 시간까지 척척 읽어 냈다.

여행 첫째 날, 우리가 묵은 곳은 '차타누가'라는 인디언 이름으로 불리는 테네시 주의 마을이었다. 어두워진 뒤에야 들어갔다가 다음 일정에 맞춰 새벽 일찍 떠났기 때문에 주변 풍경이 전혀 기억나지 않아 아쉬웠다. 뒤늦게 남편이 짜 놓은 계획표를 살펴보니 몇 시에 출발해서, 몇 번 도로를 얼마 동안 달려, 몇 시에 어느 휴게소에서 쉰다는 식으로 일정이 빡빡했다. 남편의 생각대로라면 아무리 아름다운 풍경을 만나도 계획표에 따라 출발해야만 하는 것이었다. 우리 가족은 그다음 날도 남편의 계획표대로 움직였다. 그러다 보니 여행 이틀 만에 가족 모두가 지치고 말았다. 숨 막히는 일정에 쫓겨 내내 차를 타고 달리니 여행의 즐거움이나 여유 같은 건 느낄 수 없었다. 나와 아이들은 남편을 설득해 계획표를 바꿨다. 한밤중에 숙소에 들어와 새벽에 도망치듯 떠나는 여행은 그만하기로 했다. 나는 아이들에게 여행의 참된 의미와 즐거움을 알려 주고 싶었다. 그러려면 저녁 무렵에는 숙소에 도착해 함께 저녁을 먹으며 하루

동안 보고 느낀 것들에 대해 이야기를 나눌 정도의 시간은 남겨 두어야 했다.

우리는 차 안의 자리 배치도 효율적으로 바꿨다. 능숙하게 지도를 읽어 내는 연우가 운전석 옆자리에 앉고 나는 뒷자리로 옮겼다. 연우는 지도를 펴고 앉아 도로와 출구 번호, 휴게소 위치를 그때그때 남편에게 알려 주었다. 장거리 여행에서는 운전하는 사람을 민첩하게 도울 사람이 필요한데 중학교 1학년인 딸아이가 그 역할을 너끈히 해냈다.

각 주의 경계를 넘으면 방문객 안내소가 있었다. 우리는 매번 그곳에 들러 필요한 정보와 할인 쿠폰을 챙기고 숙소에 마련된 편의 시설을 찾아 메모했다.

여행의 중반을 넘어설 때쯤이었다. 고속도로를 달리던 중에 점심을 먹을 시간이 되었다. 그날 점심에는 아이들이 원하는 대로 버거킹 햄버거를 먹기로 했다. 미리 장소를 파악해 둔 연우는 남편에게 출구 번호를 일러 주었다. 하지만 남편은 다른 생각을 하고 있었는지 차선을 바꾸지 않고 그대로 달려 그만 출구를 지나치고 말았다.

"아, 어떡해! 그 출구로 나가야 와퍼 주니어를 99센트에 살 수 있는데……. 왜 안 나갔어?"

연우가 남편에게 따지듯이 물었다.

"다른 데는 없어? 다음 출구로 나가서 사 주면 될 거 아냐!"

화가 난 남편이 연우에게 버럭 소리를 질렀다.

그러자 연우가 울먹이며 말했다.

"다른 버거킹에서는 1달러 49센트란 말이야."

그 말을 들으니 마음이 아팠다. 정말 속이 상했다. 연우는 좀 더 싼 값에 햄버거를 사 먹으며 제 힘으로 돈을 아꼈다는 보람을 느끼고 싶었던 것이다. 아마도 엄마 아빠에게 칭찬을 받고 화기애애한 분위기 속에서 맛있게 점심을 먹는 장면을 상상했을 것이다. 남편은 다음 휴게소에서 사 주겠다고 했지만 딸아이가 그리고 있던 그 순간은 영원히 지나가 버리고 말았다. 엄마 아빠에게 도움을 주려다 되레 상처만 받은 것이다.

어쩌면 아이의 마음을 그렇게 헤아리지 못할까. 그 순간보다 남편이 원망스러웠던 적은 없었다. 가진 걸 다 잃고 빚까지 떠안게 되었다는 사실을 알았을 때도 그렇게 남편이 밉지는 않았다. 아무리 어른스러운 아이라고는 하나 연우는 겨우 중학교 1학년이었다. 좋아 보이는 건 뭐든 다 사 달라고 졸라 댈 나이였다. 연우에게 너무나 미안했다. 나는 아이의 상처 입은 마음을 조금이라도 위로해 주고 싶었다. 기특한 마음을 칭찬하고 다독여 주고 싶었다. 하지만 연우는 금세 그 일을 잊어버린 듯 태연한 모습으로 돌아와 있었다. 가슴 아픈 일이었지만 나는 그 모습에서 아이의 새로운 면모를 발견했다. 엄마 아빠의 부담을 덜어 주려는 어른스러움, 지나간 일에 얽매이지 않고 감정을 조절할 줄 아는 너그러운 마음을 보았다.

여행을 마치고 집으로 돌아온 뒤 우리가 방문한 곳들을 지도 위에 표시하고 선으로 연결해 보았다. 11일간 여행하며 우리 가족이 달린 거리는 무려 6500킬로미터나 되었다. 그 머나먼 거리를 달리는 동안 연우와 상우의 마음의 키는 훌쩍 자라 있었다. 어려운 집안 형편을 헤아려 조금이라도 더 싸게 햄버거를 사려고 애썼던 연우, 분위기가 가라앉을 때마다 가족들을 즐겁게 해 주기 위해 온갖 이야기를 지어 냈던 상우. 비록 처음 여행을 계획할 때는 여행에 들어갈 돈을 걱정했으나, 우리 가족은 그 여행에서 돈으로도 살 수 없는 귀한 재산을 얻었다. 만약 내가 전과 같이 돈 걱정에만 매달려 그 여행을 포기했더라면 어땠을까. 생각만 해도 아찔하다. 낯선 땅 미국에서 떠난 첫 번째 가족 여행은 그렇게 오래 간직하게 될 기억을 남기고 끝을 맺었다.

엄마는
네가 자랑스러워

미국에서 우리가 처음 살게 된 집은 공원 옆에 위치한 목조 아파트였다. 남편의 동료가 구해 준 집이었다. 처음에 집세가 560달러라는 얘기를 들었을 때 부담스럽다는 느낌이 잠깐 들었지만 더 이상 생각해 볼 겨를이 없었다. 모든 걸 잃고 정신없이 떠나야 했기 때문에 뭔가를 판단하거나 꼼꼼하게 따져 볼 여유가 없던 때였다.

미국에서 살다 보니 그 집보다 대학에서 운영하는 학생 아파트의 집세가 훨씬 싸다는 걸 알게 되었다. 그 사실을 알고 나니 비싼 집에서 사는 게 마음이 편치 않았다. 물론 집을 구해 준 남편의 동료는 우리 사정을 모르고 주거 환경이 나은 일반 아파트를 소개했을 것이었다. 학생 아파트로 이사하자니 왠지 우리 형편을 대놓고 광고하는 것 같아 망설여지긴 했지만 고민 끝에 이사하기로 결정했다.

학생 아파트는 2차 대전 때 군인들의 막사로 썼던 2층짜리 콘크리트 건물이었다. 전쟁이 끝난 뒤 대학에서 거주 공간으로 보수해 학생들에게 세를 놓은 것이다. 우리가 이사한 동에는 위층과 아래층에 네 집씩 총 여덟 가구가 살고 있었다. 아래층에는 우리 말고도 한국에서 온 유학생 가족이 있었고, 우리가 사는 2층에는 각각 중국, 미국, 인도인 학생 가족이 살았다. 지하에 각 세대별 공간이 나뉘어져 창고로 이용할 수 있었지만, 아파트에 딸린 정원 같은 건 없었다. 본래 넓은 벌판에 세운 막사였기 때문에 건물 이외의 공간은 그냥 잔디밭이었다. 그래도 잔디밭에 아름드리 떡갈나무가 늘어서 있어 창문 밖을 내다보면 다람쥐들이 나무 위로 뽀르르 뛰어다니며 장난치는 모습을 볼 수 있었다. 다람쥐들이 노는 것을 가만히 바라보고 있으면 가끔 '깨드득' 하는 웃음소리가 들려올 때도 있었다. 각 동 옆에는 빨래를 너는 장소가 있어 오전이면 빨래를 해서 그곳에 가져다 널었다. 학생 아파트 건물은 이전에 살던 집과 비교도 할 수 없을 만큼 낡고 초라했지만, 그나마 주변 환경이 마음을 여유롭게 만들어 주었다. 지금도 화창한 아침이면 다람쥐들이 장난치는 모습을 보며 빨래를 널던 그 시절이 떠오르곤 한다.

학생 아파트로 이사한 뒤부터 아이들은 스쿨버스를 타고 학교에 다니기 시작했다. 버스는 등하교 시간에 맞춰 아파트 단지를 돌았다. 중학생인 연우는 주소지와 학군이 맞아 다니던 중학교를 그대로 다니게 되었고, 상우는 집과 학교 사이의 거리가 멀어져 학교를 옮겨야 했다. 이사를 결정하기까지 그 점이 가장 마음에 걸렸다. 겨우 미국 학교에 적응해 아이들과 친해졌는데 또다시 낯선 교실, 낯선 아이들 틈으로 상우를 밀어넣는 것 같아 마음이 무거웠다. 혹시 상우가 자주 바뀌는 환경 때문에 혼란스러워하지는 않을지 걱정도 되었다. 한국을 떠나 미국 생활에 적응하는 것만으로도 힘들었을 텐데, 상우는 집세 때문에 이사한다는 걸 알고 있어서인지 불평 한마디 하지 않았다.

다행히 상우는 전학한 학교에서도 금세 친구를 사귀어 바로 다음 날부터 집에 친구를 데리고 왔다. 새로 이사한 동네는 사람들 사는 형편이 이전 동네에 조금 못 미치는 듯했다. 상우는 학교에 다녀오더니 먼저 학교와 달리 아이들이 조금 거친 것 같고, 인종을 차별하는 분위기도 있는 것 같다고 사정을 전했다. 혹시나 상우가 거친 아이들 틈에서 괴롭힘을 당할까 봐 신경이 쓰였지만, 천성이 밝아서인지 활발하게 학교생활을 해나갔고 새로운 친구들과도 잘 어울렸다.

상우는 새 학교에서도 어려운 일을 당한 친구들을 도와 담임 교사에게 칭찬을 듣곤 했다. 반 아이들 중에 따돌림을 당하는 아이가 있는지 한동안은 집에 오면 늘 그 친구 이야기만 했다. 관심이 온통 그 아이에게 쏠려 있는 것 같았다. 나는 슬며시 상우에게 물었다.

"혹시 몸이 불편한 아이니?"

"아냐. 평소에 불편해 보이는 곳은 없어. 근데 갑자기 선 채로 코를 마구 풀고, 몸을 부르르 떨면서 발작을 일으키고 그래. 거기다 옷차림도 좀

지저분하고 이상한 냄새까지 풍겨서 애들이 걔를 피해 다녀.”

“그래?”

나는 상우가 소외된 친구를 보며 티셔츠 때문에 더럽다고 놀림을 당했던 일을 떠올린 게 아닐까 짐작했다. 남의 일 같지 않아 더 마음을 쓰는 것 같았다. 나 역시 한 번도 보지 못한 그 아이가 안쓰러웠다. 상우에게 말했다.

“그 친구한테 무슨 일이 있는 걸까. 참 안됐다.”

“응, 엄마. 나도 그 애가 가엾다는 생각이 들어.”

그리고 얼마 뒤 컨퍼런스 데이에 학교를 찾아간 나는 상우가 그 친구에게 먼저 다가가 이야기를 나누고 필요한 일을 할 수 있도록 나서서 돕는다는 사실을 알게 되었다. 담임 교사는 착하고 모범적인 아이라며 상우를 칭찬했다. 게다가 상우의 행동을 본 다른 아이들까지 조금씩 그 아이를 대하는 태도가 바뀌고 있다고 했다. 나는 뿌듯한 마음으로 집에 돌아와 상우에게 말했다.

“우리 상우가 엄마도 모르게 그런 착한 일을 하고 있었네. 선생님이 네 칭찬 엄청 많이 하셨어. 오늘 엄마가 얼마나 자랑스러웠는지 아니?”

내 말에 상우는 쑥스러운 듯 얼굴을 붉히며 대답했다.

“진짜? 나는 그냥 외톨이처럼 혼자 있는 게 너무 불쌍해 보여서 말을 걸었던 것뿐인데…….”

그러고는 말을 이었다.

"엄마, 알고 보니까 그애 아빠가 회사를 그만두게 됐는데 받아야 할 봉급을 받지 못했대. 아빠는 화가 나서 맨날 술만 마시고, 엄마는 울고 있고, 그래서 집안이 엉망이 돼 버렸대. 그 생각을 할 때마다 자기도 모르게 그런 이상한 행동을 하게 된대."

상우가 친구의 집안 사정까지 세세히 알고 있다니 놀라웠다.

"너한테 그런 이야기까지 했어? 네가 자기를 이해해 줄 거라고 믿었나 보다."

실직한 부모와 어려운 집안 형편 때문에 얼마나 걱정이 많았으면 그런 이상 증세까지 보이게 되었을까. 그 아이가 몹시 가여웠다. 상우에게 부끄러운 집안 이야기를 털어놓은 건 아마도 위로가 필요해서였을 것이다. 상우는 원래 정이 많고 남의 이야기에 공감을 잘하는 아이였다. 그 아이는 평소 자신을 돕는 상우의 모습을 보면서 위로를 받을 수 있으리라 기대했을 것이다.

얼마 뒤 상우도 중학교에 입학했다. 연우와 같은 중학교였다. 그곳 중학교에서는 해마다 2학기가 끝날 무렵 아이들에게 잡지 세일 기간이 주어졌다. 잡지 정기 구독 신청을 받아 아이들에게 세일즈를 경험하게 하는 행사였다. 미국에서 발행되는 거의 모든 잡지를 대상으로 한 것이라 종류도 다양했다. 연우는 지난해 처음 맞은 잡지 세일 기간에 발 빠르게 한국 집들을 찾아가 열한 건의 계약을 성사시켰다. 그것을 기억하고 있는 상우는 자극을 받았는지 더 열심이었다. 저녁마다 아파트 단지를 돌며 아무 집이나 찾아가 현관문을 두드렸다. 알지도 못하는 집을 찾아가 문을 두드리고 잡지를 파는 게 아이에게 결코 쉬운 일은 아닐 터였다. 외국에서 온 중학교 1학년짜리 아이에겐 더더욱 부담스러운 일이었을 것이다. 하지만 상우는 특유의 쾌활함으로 어른들을 설득했다. 용기 있게 문을 두드린 아이의 모습이 대견했던지 직접 찾아온 것을 칭찬하며 정기 구독을 신청한 집도 있었고, 안 살 듯하다가 상우의 설명을 듣고 계약을 한 집도 있다고 했다. 잡지 세일을 경험하며 상우는 세상을 많이 배운 것 같았다.

"엄마, 오늘 찾아간 어떤 집에선 잡지를 사 주고 싶어도 형편이 어려워서 살 수가 없다고 했어. 나한테 미안해서 마음이 무거웠어."

상우가 말했다.

"그래? 그런 집도 있었구나."

"응, 세상에는 우리보다 더 힘들게 사는 사람도 많은가 봐. 겉으로는 아무렇지 않아 보였는데 현관문을 열고 들어가니까 다들 나름의 사정을 가지고 있더라고."

그 말을 들으며 상우가 훨씬 어른스러워진 걸 알 수 있었다. 상우는 집안 형편이 어려워도 활기를 잃지 않고 오히려 남들에게 도움을 베풀고 있었다. 그런 넉넉함을 지닌 아이가 대견했다. 그리고 시름에 잠겨 자신밖에 보지 못했던 나를 반성했다.

타국에서 맞이한
사춘기

빛에 쫓기는 처지가 되었을 때 내가 가장 걱정한 일은 곧 닥쳐올 아이들의 사춘기였다. 한창 예민할 나이인 아이들이 받게 될 충격을 생각하니 걱정이 앞섰다. 둘째인 상우는 달라진 게 없었지만, 첫째인 연우는 이미 전과 다른 모습을 보이고 있었다. 연우는 미국에 온 뒤로 가족들과의 대화를 피한 채 혼자 글을 쓰고 책을 읽으며 시간을 보내곤 했다. 불량한 행동을 하지는 않았지만 속마음을 감추고 대화를 거부하는 모습이 눈에 보였다. 나는 달라진 연우의 모습에 덜컥 겁이 났다. 더 이상 엄마 아빠와 이야기하고 싶지 않다고 밀어내는 것 같아 걱정스러웠다. 아이들의 사춘기만큼은 현명하게 대처하리라 마음먹고 있었는데 결국 올 것이 왔다는 생각이 들었다. 피할 수 없는 아이의 사춘기가 내게도 닥친 것이다.

낯선 미국 땅에서 맞이한 딸아이의 사춘기는 내게 가장 풀기 어려운 문제였다. 말은 하지 않았지만 연우는 부모를 보며 갈등을 느끼는 게 분명했다.

'왜 우리 엄마 아빠는 가난한 데다 영어도 잘 못하는 걸까. 우리도 그냥 남들처럼 평범하게 살 수는 없는 걸까.'

그렇게 생각하고 있었을 것이다. 연우는 더 이상 부모를 자랑스러워하지도 않는 듯했다. 남편과 나는 미국에 오기 전부터 빚 문제로 잔뜩 위축되어 있었던 데다 영어도 서투른 탓에 아이들에게 별다른 도움을 주지도 못해 미안한 마음만 들었다. 그러면서도 남편은 사춘기를 겪고 있는 아이의 복잡한 마음을 잘 이해하지 못했다. 가족들을 곤경에 몰아넣었다는 자책, 아무리 열심히 해도 노력한 만큼 결과가 나오지 않는 공부 때문에 마음의 여유가 없었을 것이다. 언젠가부터 남편과 연우는 자주 충돌하기 시작했다. 그러면 집안 분위기도 덩달아 싸늘해져 내가 둘의 눈치를 보며 기분을 풀어 주거나 자연스럽게 풀릴 때까지 기다려야 했다. 그런 일이 반복되다 보니 나 역시 지치고 짜증이 났다.

"또 아침 거르고 학교 가는 거야?"

가족들과 마주치기 싫은지 아침도 거르고 일찍 집을 나서는 연우를 향해 걱정스럽게 물었다. 그러자 연우는 발끈한 목소리로 대꾸했다.

"아, 아침 먹기 싫다고. 급식 일찍 먹으면 되니까 그냥 내버려 둬."

연우가 일기장이며 읽고 있던 책 따위가 가득 들어 있는 제 몸집만 한 가방을 메고 현관문을 나섰다. 그 모습을 보고 있던 남편이 못마땅하다는 듯 연우를 향해 한마디를 날렸다.

"어휴, 저거 반항심만 잔뜩 늘어서 큰일이다."

남편의 말이 뒤통수에 날아와 꽂히자 연우는 쾅 하고 현관문을 닫고 나가 버렸다. 그런 두 사람을 볼 때마다 마음이 여간 불편한 게 아니었다. 어떻게 하면 연우가 그전처럼 마음을 터놓고 식구들과 이야기를 할 수 있게 될지 혼자 끙끙 앓으며 고민했다.

그러다가 연우에게 한 번도 우리 집 사정을 자세히 설명해 주지 않았다는 데에 생각이 미쳤다. 미국에 건너오기 전 카페에서 짧게 이야기를 해 준 것이 전부였다. 아이들도 엄연히 가족의 일원이고 어찌 보면 가장 심하게 피해를 입은 사람인데, 남편과 나는 경황이 없다는 이유로 아이들에게 이야기해 주는 걸 잊고 있었던 것이다. 아이들이 더 큰 혼란을 겪지 않도록 우리 가족에게 무슨 일이 일어난 것인지 알려 주기로 마음먹었다. 우리 형편을 솔직하게 털어놓으면 연우도 닫힌 마음을 열고 엄마 아빠를 이해해 주리라 기대했다. 나는 연우와 상우를 한자리에 불러 모았다. 그리고 조심스레 입을 열었다.

"너희가 알아야 할 이야기가 있어."

한국을 떠나기 전에 왜 이상한 사람들이 우리 집을 찾아왔는지, 엄마 아빠가 왜 그렇게 다퉜는지 그 이유를 말해 주었다. 친척들을 도우려다 엄청난 빚을 지고 아파트까지 잃게 되었다는 사실도 털어놓았다.

"그러니까 우리는 한국에 돌아가도 살 집이 없다는 거지?"

내 말이 끝나기 무섭게 연우가 큰 소리로 쏘아붙이더니 방문을 쾅 닫고 들어가 버렸다. 나는 할 말을 잃고 말았다. 그런 반응을 전혀 예상하지 못한 것은 아니었지만, 자리를 박차고 일어나 대화를 거부해 버리니 더 이상 어떻게 이야기를 끌어 나가야 할지 몰라 눈앞이 캄캄했다.

"엄마, 누나 때문에 너무 속상해하지 마."

상우가 어쩔 줄 모르고 멍하니 앉아 있는 나를 위로했다.

'한국에 돌아가도 살 집이 없다는 거지?'

연우의 그 말이 머릿속에서 떠나지 않고 맴돌았다. 반박할 수가 없었다. 연우의 말대로 우리는 가진 게 아무것도 없는 사람들이었다.

하지만 아이와의 관계를 이대로 악화되게 내버려둘 수는 없었다. 어떻게든 다독여 대화를 나누어야 했다. 나는 연우를 다시 불렀다. 그리고 우리가 어쩌다가 빚을 지게 되었는지 그 과정까지 숨김없이 들려주었다. 연우의 마음이 열리기를 간절히 바라면서.

"엄마, 나 너무 속상해."

내 말을 듣고 있던 연우가 울음을 터뜨렸다. 나는 울고 있는 연우의 두 손을 꼭 잡고 그동안 하지 못한 이런저런 이야기를 나누었다. 그리고 이튿날 새벽, 잠을 이루지 못하고 뒤척이던 나는 소리 죽여 울고 있는 연우의 모습을 보았다. 연우 역시 내 말을 듣고 밤새 잠을 이루지 못한 모양이었다.

다음 날, 연우는 집안일로 마음이 상할 때마다 쓴 영어 일기를 내게 보여 주었다. 아무도 보지 못하게 가방에 넣고 다녔던 일기였다. 그 일기 속에는 연우가 느꼈던 괴로움과 갈등이 솔직하게 적혀 있었다. 내가 절망에 빠져 있는 사이 아이 역시 내내 혼자 앓고 있었던 것이다. 밖으로 내보이지 못한 말을 일기장에라도 꺼내 놓지 않았더라면 그 괴로움을 어떻게 견뎠을까.

"연우야, 미안하다. 엄마가 정말 미안해."

나는 연우를 끌어안고 울었다.

상우도 제 누나가 혼자 가족을 걱정하며 애를 태우고 있었다는 걸 알게 되었다. 나는 그날 일을 계기로 아이와의 관계를 풀어 나가는 한 가지 원칙을 정했다. 남편과 내가 서로 다투거나 집안에 좋지 않은 일이 일어났을 때 아이들에게도 무슨 일인지 알려 주기로 했다. 집안에 문제가 생겼다면 아이에게 솔직히 털어놓고 이해시켜야 한다는 것을 절실히 깨달았다. 좋지 않은 일이라 해서 감추기만 하면 아이들은 이유도 모른 채 야단을 맞을 때처럼 불만을 느끼고 부모를 믿지 못하게 된다. 나는 아이들에게 우리의 처지를 솔직히 털어놓아 대화할 수 있는 실마리를 얻었다. 그리고 연우, 상우와 손가락을 걸고 굳게 약속했다.

가족이 똘똘 뭉쳐 단결하기.

두 아이와 나는 어떤 일이 있더라도 서로의 편이 되어 주기로 했다. 어느 누구도 가족보다 우리를 잘 이해할 수는 없다는 것을 아이들에게 알려 주었다.

대화를 시작한 뒤, 가족들과 어긋나기만 하던 연우의 태도는 눈에 띄게 달라졌다. 가족과 접촉하는 것을 피하지 않게 되었고 남편과 충돌하는 일도 줄어들었다. 그뿐만이 아니었다. 연우는 학교 수학 클럽에 가입해 열심히 활동했고, 그림을 출품해 상을 탔고, 학교 밴드에서는 클라리넷을 배워 즐겁게 연주했다. 또 틈틈이 시를 써 「내 기억 속 첫 번째 여행(The first trip I remember)」이라는 시가 지역 신문에 실리기도 했다. 외할머니, 막내이모와 함께 제주도에 여행 갔던 세 살 때의 기억을 살려 쓴 시였다.

The First Trip I Remember
내 기억 속 첫 번째 여행

A three-year old girl
세 살짜리 어린 소녀가 있었습니다

With her dark brown hair
갈색 머리를 양 갈래로 땋아

Braided on sides, down to her shoulders.
어깨까지 늘어뜨린 아이였지요

Exited.
소녀는 신이 났습니다.

Her big, brown eyes getting w i d e r .
커다란 갈색 눈을 동그랗게 떴어요.

Sitting between
소녀를 사이에 두고

Her grandma
할머니와 막내 이모가

And her youngest aunt.
앉아 있었습니다.

The airplane lands
비행기가 땅 위에 멈춰 서고,

The little girl lands on Cheju Island.
어린 소녀는 할머니와 이모와 함께

With her grandma and aunt.
제주도에 발을 디뎠습니다.

She remembers herself
소녀는 기억합니다.

Planted together with the yellow flowers
사방을 가득 메우고 있던

That were spread across the land

노란 꽃들과

As far as she could see.

그 꽃들 사이에 서 있던 자신을요.

She remembers herself

소녀는 기억합니다.

Looking up the Hanra Mountain

눈 덮인 한라산의 정상을

That had snows on top

올려다보며

Which surprised her.

놀라워했던 자신을요.

She remembers

소녀는 기억합니다.

The flight attendant

집으로 돌아가는 길

On the way back home

만화 그림이 새겨진

Giving little clipboards
조그만 클립보드를

With cartoon characters on it
비행기 안의 모든 아이들에게 나눠 주던

To every kids on the airplane.
승무원의 모습을요.

The girl,
조그만 클립보드를 여전히 간직하고 있는

Who is now 14,
그 소녀는

Still has the little clipboard.
이제 열네 살이 되었습니다.

-Elisa Lee
-이연우

연우는 하고 싶은 일, 이루고 싶은 꿈을 끊임없이 그려 보고 탐구했다. 나는 제 할 일을 열심히 찾아 하는 연우를 힘껏 응원해 주고 싶었다. 그래서 아이가 좋아하는 밴드가 아이오와에 공연을 오면 내가 먼저 가 보라고 권했다. 아이들이 좋아하는 음악을 함께 듣고 아이들 세대에 어울리는 말장난도 주고받았다. 그러면서 내가 원하는 것과 아이가 원하는 것이 어디쯤에서 일치하는지를 유심히 살폈다. 세대 차를 넘어 아이들과 교감하는 일이 쉬운 것은 아니었지만 노력하는 모습을 보여 주었다. 그래서인지 연우와 상우는 불리한 환경에서도 사춘기를 별 탈 없이 넘길 수 있었다.

우리가 계속 서울에 남아 있었더라면 어땠을지 생각해 보곤 한다. 대도시인 서울은 살기 편한 곳이기는 하지만, 지나친 경쟁에 치여 주위를 둘러볼 여유가 없고 아이들을 유혹하는 불안 요소들이 널려 있는 곳이기도 하다. 반면 아이오와 시티는 조용한 대학 도시였고 사춘기 아이들의 탈선을 부추기는 요소가 드문 곳이었다. 아이들은 학교에서 돌아오면 운동을 하며 어울렸고, 해가 진 뒤에는 가족들과 함께 시간을 보냈다. 가끔 친구 집에서 함께 놀고 잠을 자는 것이 가장 신 나는 일이었다.

빈털터리 미국 생활이 힘들기는 했지만 돌이켜 보면 오히려 아이들이 사춘기를 무사히 넘기는 데는 큰 도움이 되었던 것 같다. 갈등을 극복하고 제 할 일을 잘해 낸 연우, 한 번도 큰 말썽을 부리지 않고 의젓하게 자라 준 상우에게 그저 고마울 뿐이다.

벽화 그리는
아이

　연우가 중학교에 입학한 뒤 처음 맞는 댄스파티 날이었다. 그날은 이
곳 아이들이 가장 손꼽아 기다리는 날이기도 했다. 댄스파티를 앞두고
잔뜩 들뜬 아이들은 저마다 무슨 옷을 입을지, 화장은 어떻게 할 건지 이
야기꽃을 피우느라 시간 가는 줄 몰랐다. 연우는 입던 원피스를 입고 가
겠다고 했지만 구두만큼은 새것을 신고 싶은 눈치였다. 하지만 나는 발
치수가 같으니 그냥 내 구두를 신고 가라고 했다. 연우는 그 말에 숨겨진
의미를 이해한 듯 더 이상 아무 말도 하지 못하고 찜찜한 표정으로 내 낡
은 구두에 발을 꿰어 넣었다. 그러더니 내년에는 꼭 새 구두를 신게 해 달
라고 했다. 댄스파티 시간에 맞춰 집을 나서는 연우의 뒷모습을 바라보
았다. 신은 지 몇 년이 지난 낡은 구두는 굽이 다 닳아 있었다. 엄마의 낡
은 구두를 신고서 힘없이 걸어가고 있는 연우의 모습을 보며 나는 새 구
두를 사 주지 않은 걸 몹시 후회했다. 난생처음 경험해 보는 댄스파티인

데 아이의 기분을 살려 줬더라면 얼마나 좋았을까. 친구들은 모두 새 옷에 새 구두를 신고 반짝거리며 나타날 텐데 씀씀이를 줄여야 한다는 생각에 그만 딸아이의 마음을 헤아리지 못한 것이다. 다행히 파티가 재미있었는지 집에 돌아온 연우의 표정이 밝았다. 하지만 나는 아이의 마음을 읽지 못한 아둔한 엄마가 되고 말았다는 생각으로 기분이 씁쓸했다.

댄스파티가 끝나고 얼마쯤 지났을 무렵 연우가 기쁜 소식을 가지고 왔다. 학교 앨범 표지 콘테스트에서 당선했다는 것이다.

"엄마, 내 작품이 뽑혔어! 상금이 있다는 공고를 보고 용돈 벌고 싶어서 출품했거든. 근데 당선됐대. 믿어지지가 않아."

연우가 흥분한 듯 큰 소리로 외쳤다.

연우는 자기가 해야 할 일, 하고 싶은 일을 찾아 끊임없이 도전했다. 그리고 성취해 냈다. 그때마다 어려운 형편으로 가라앉아 있던 집안 분위기가 살아났다. 나는 그렇게 자신의 힘으로 뭔가를 이루려 애쓰는 아이가 안쓰러우면서도 대견했다. 연우는 부지런히 읽고 쓰고 그리고 만들었다.

그중에서도 가장 두각을 드러낸 건 그림이었다. 연우는 자신이 좋아하는 H.O.T의 브로마이드를 방 벽면에 붙여 놓고 그림을 그리곤 했다. 항상 뭔가를 그리고 만들었기 때문에 콘테스트에 출품할 작품을 준비하고 있는 줄은 몰랐다. 알고 보니 앨범 표지 콘테스트는 학교에서 매년 개최

하는 주요 행사 중 하나였다. 아이오와의 학교에서는 해마다 학년이 끝나는 여름방학식 날 아이들에게 앨범을 한 권씩 나눠 주었다. 그러니까 전교생 모두가 연우의 그림이 새겨진 앨범을 갖게 되는 것이었다. 앨범을 받아 들고 가만히 들여다보았다. 노란 표지에 연우가 그린 바이킹의 얼굴이 또렷이 새겨져 있었다. 연우는 그냥 학교의 상징을 그린 것뿐이라고 했지만 나는 마치 딸이 화가로 인정이라도 받은 것처럼 기분이 좋았다. 연우는 그다음 해에도 같은 콘테스트에서 당선해 2년 연속 당선이라는 놀라운 기록을 세웠다.

그리고 얼마 뒤 연우는 더욱더 놀라운 소식을 가져왔다. 중학교에서 새 천년을 기념하여 개최한 '벽화 콘테스트'에 당선했다는 것이었다. 이번에는 벽화를 그리는 '진짜 화가'가 된 것이다. 연우는 그 콘테스트에 세 작품을 출품했는데 각각 1등과 2등, 그리고 4등을 차지했다고 전했다. 나중에 담당 교사에게 들은 바로는 연우의 작품이 1, 2, 3등을 다 차지했는데 응모자들을 배려해 3등을 다른 아이에게 준 것이라고 했다. 연우는 1등으로 뽑힌 작품을 학교 본관 건물 벽에 그리고, 2등에 뽑힌 작품은 복도 벽에 그리기로 했다. 어릴 적부터 그림 그리기를 좋아해 늘 그림을 그려 온 아이였지만, 그렇게 큰 그림을 그리는 건 연우에게도 처음이었다. 미술 과외 한 번 시킨 적 없이 밑그림이 그려진 스케치북을 사준 게 전부였으니 그저 놀라울 따름이었다. 어쩌면 학원에 보내지 않고

하고 싶은 것을 하도록 놓아두어 오히려 자유로운 상상력과 창의성을 발휘할 수 있었는지도 모른다.

연우는 그림 그리기를 좋아하는 친구들 몇 명을 미술 교사에게 추천해 토요일마다 함께 벽화를 그렸다. 나는 기쁘면서도 한편으로는 아이가 자신에게 너무 벅찬 과제를 맡은 건 아닌지, 공연히 학교 벽면을 버리는 건 아닌지 걱정스러웠다. 하지만 학교에서는 아무런 지시도 간섭도 하지 않고 아이가 원하는 대로 그리도록 맡겨 두었다.

어느 날, 나는 궁금한 마음에 아이 몰래 학교에 가 보았다. 지도 교사의 모습은 어디에도 보이지 않았고 아이들끼리만 모여 그림을 그리고 있었다. 흰 벽면에는 밑그림 선들이 드러나 있었고 조금씩 색이 입혀진

부분도 보였다. 연우는 사다리를 타고 활기차게 붓을 움직이고 있었다. 그 모습을 보고 있자니 마음이 찡했다.

'연우의 삶에 다시는 찾아오지 않을 순간이구나. 그렇지만 저 벽화는 오랫동안 저 벽에 남아 있겠지.'

그런 생각을 했다.

나는 아이들의 작업에 방해가 될까 봐 조용히 자리를 피해 주었다. 돌아 나오는데 마음이 뿌듯했다. 그리고 어린 학생들에게 자신의 재능을 마음껏 펼쳐 보일 수 있도록 벽면을 선뜻 내준 학교에 진심으로 고마운 마음이 들었다.

벽화가 완성된 뒤 가족 모두 연우의 그림을 보려고 학교에 들렀다. 어떤 그림을 보게 될지 긴장되었다. 마침내 연우의 벽화가 눈앞에 나타났다. 머리에 흰 바이킹 뿔이 돋아난 남자아이와 여자아이가 힙합 바지를 입은 채 엄지손가락을 번쩍 치켜세우고 있었다. 그 모습이 마치 연우와 상우 같아 가슴이 뭉클했다. 나는 남편에게 물었다.

"연우 아빠, 우리가 이 벽화를 다시 볼 수 있을까?"

그러자 남편이 대답했다.

"나중에 꼭 다시 와서 봐야지."

연우가 그린 그 벽화는 지금도 아이오와의 노스웨스트 주니어 하이스쿨에 남아 있을까.

We can make
a difference!

   아이들의 진로를 결정하게 된 계기는 예기치 않은 순간에 찾아왔다. 그건 내 눈에 비친 한 장면이었다. 아이들이 미국 학교에 다니기 시작한 지 두 달쯤 지났을 무렵의 일이었다. 나는 봄방학을 맞은 아이들과 차를 타고 집에서 조금 떨어진 공원에 가던 중이었다. 아직 날씨가 쌀쌀했지만 차를 타고 달리니 기분이 상쾌했다. 그때였다. 차 안에서 창밖의 지평선을 바라본 순간 갑자기 내가 커다란 원 안에 있다는 사실을 깨달았다. 우리가 앞으로 나아감에 따라 그 원도 함께 움직이고 있었다. 나는 아이들을 향해 외쳤다.

   "연우야, 상우야, 저것 좀 봐. 지구가 둥글어!"

   아이들은 갑작스런 내 말에 어리둥절한 얼굴로 물었다.

   "뭐라고? 엄마, 그게 무슨 말이야?"

   "저기 창밖을 좀 봐."

나는 손가락 끝으로 지평선을 가리켰다. 아이오와 주는 지형이 평지여서 지구가 둥글다는 사실을 눈으로 직접 확인할 수 있었다.

"어때. 보이지?"

"우아, 진짜 커다란 원이다. 신기해."

아이들은 차창에 매달린 채 지평선에서 눈을 떼지 못했다.

"지구가 둥글다는 걸 누가 제일 먼저 발견했을까?"

"글쎄, 어쩌면 과학자가 아닐지도 몰라. 그냥 우리처럼 이 길을 걷던 평범한 사람들이 먼저 발견했을지도 모르지."

둥근 지구를 내 눈으로 본 그때의 놀라움을 어떻게 말로 다 표현할 수 있을까. 그 전까지 나는 과학을 일상과 동떨어진 것으로만 생각하고 있었다. 내게 지구가 둥글다는 말은 이론으로만 기억하고 있던 죽은 문장에 지나지 않았다. 그날 나는 눈앞에 펼쳐진 둥근 지평선을 보며 비로소 과학의 아름다움에 눈을 떴다. 그건 내 삶을 통째로 뒤흔들 만큼 거대한 충격이었다. 둥근 지구를 실제로 보며 빚더미를 떠안고 난민처럼 미국 땅에 발을 디뎠던 아픔을 한순간에 날려 버리는 놀라운 경험을 했다. 그리고 그 일은 내 일상과 교육 방식까지 바꾸어 놓았다.

그날 이후, 무심히 지나쳤던 일상 속의 과학이 새롭게 다가왔다. 매일 아침 먹는 쌀밥도 과학의 놀라운 결과물이었고, 밤마다 편히 누워 쉴 수 있게 해 주는 침대도 과학이었다. 아침에 떠오르는 해도, 밤하늘의 달과 별도 모두 과학이었다. 그동안 어떻게 저 해와 달과 별을 아무런 생각도 없이 바라봤을까. 감탄하고 한탄하지 않을 수 없었다. 매 순간 과학을 만나고 과학과 이야기를 나누는 느낌이었다. 고층 건물을 올려다보면 그 찬란한 과학의 조화에 황홀해졌다. 과학 없이 단 한순간도 살 수 없는 것이었다. 늦게나마 그 사실을 깨닫게 된 게 얼마나 다행이던지.

나는 연우와 상우에게도 내가 발견한 과학의 아름다움을 알려 주고 싶었다. 일상 속에서 과학을 발견했을 때의 즐거움을 두 아이와 함께 나누고 싶었다. 특히 수학을 좋아하고 창의적인 방법으로 문제를 해결하는 연우를 떠올렸다. 그동안 내가 보아 온 연우라면 분명 과학의 즐거움을 이해하고 받아들일 수 있을 거라는 확신이 생겼다. 연우가 인류사에 기여하는 이공계 인재로 자라 준다면 얼마나 멋질까 하는 생각이 들었다.

그날부터 나는 두 아이와 새로운 놀이를 시작했다. 끝말잇기 놀이를 하듯 매일 일상 속 과학 현상을 하나씩 찾아내어 서로에게 가르쳐 주기로 한 것이다. 내 예상은 적중했다. 그 사소한 발견은 몇 년 뒤 연우를 '이공계의 길'로 이끌었다.

연우에게는 마트에서 쇼핑을 하는 동안 마치 시장조사라도 나온 사람처럼 상품의 속성과 진열 방식을 살피는 버릇이 있었다. 물건만 사는 게 아니라 매장을 둘러보며 나름대로 동선과 효율성을 따져 보는 것이었다. 연우는 인간이 다루는 물체와 작업의 효율성에 관심을 보였다. 그런 점은 대학에서 전공을 선택할 때도 크게 영향을 미쳤다.

배우는 데 적극적인 연우는 수학, 과학 외의 분야에도 관심이 많았다. 글쓰기의 중요성을 강조하는 미국식 교육에서 에세이와 플롯 쓰기 과제는 늘 빠지지 않고 주어졌다. 아이들은 그런 과제를 통해 자연스럽게 독서를 하게 되었다. 아이들은 책을 읽고 에세이를 쓰는 데 시간을 많이 들였다. 시험에서는 주요 사건이나 등장인물의 대사에 관해 어떻게 생각하는지 아이들의 의견을 물었다. 단순히 책을 읽는 데 그치는 게 아니라 자신의 감상과 의견까지 정리해 보도록 한 것이다.

연우에게는 7학년과 8학년에 걸쳐 만든 꽤 두툼한 문집이 두 권 있었다. 그 속을 들여다보면 연우가 직접 쓴 시와 소설, 에세이가 수십 편씩 실려 있고, 각 작품마다 색색의 펜과 컴퓨터로 정성스레 그린 삽화까지 빼곡하게 담겨 있었다. 1년 동안 공부한 것과 생각한 것 들을 착실하게 모아 기록한 작품집인 셈이다. 문집을 보면 연우가 평소 얼마나 부지런히 공부했는지, 자신이 가진 것을 100퍼센트 펼쳐 보이기 위해 얼마나 노력해 왔는지 한눈에 알 수 있었다. 연우는 하루 24시간을 허투루 보내는 법이 없었다. 매 순간이 공부였고, 미래를 위한 준비 과정이었다.

연우가 8학년 때 만든 문집에는 '내 삶의 리스트(My life list)'라는 페이지가 있었다. 자신의 미래를 상상하며 만든 일종의 인생 지도였다. 거기엔 이런 내용들이 적혀 있었다.

- 모든 학년, 모든 과목에서 학점 4.0점 이상을 받는 것
- 서울대학교에 진학해 교수로 일하는 것
- 큰 도시의 빌딩 외벽에 벽화를 그려 보는 것
- 세상에 존재하는 모든 색깔의 펜을 모으는 것
- 친구들 모두와 평생 가깝게 지내는 것

이렇게 인생의 목표를 정해 놓고 때때로 보면 좋은 자극제가 된다고 했다. 연우는 누가 시켜서 공부한 것이 아니었다. 연우는 자신이 무엇을 하고 싶은지, 무엇을 할 때 가장 즐거운지 이미 잘 알고 있었다. 그리고 그 일에 즐겁게 몰두했다.

완벽해지려고 노력하고 자기 세계를 중요하게 생각하는 연우와 달리 상우는 동물들과 노는 것을 좋아하고 종종 엉뚱한 말을 던져 사람들을 즐겁게 만드는 아이였다. 상우는 중학교에 입학한 뒤부터 자신이 앞으로 무슨 일을 할지 관심을 갖기 시작했다. 나는 아이들에게 공부를 강요하지는 않았지만, 아이들이 드럼을 배우고, 합창단에서 활동하고, 풋볼팀에 들어갈 때마다 있는 힘껏 응원해 주고 용기를 북돋아 주었다. 상우는 학교에서 트럼펫을 빌려 밴드 교사에게 레슨을 받았다. 열심히 연습을 하자 연주 실력이 하루가 다르게 쑥쑥 늘었고 밴드부에서 제2연주자 자리까지 올랐다. 그리고 아이오와 전체 학교에서 학년별로 한 명씩만 선발하는 오퍼스 아너 합창단(Opus honor choir)에 학교 대표 단원으로 뽑혔

다. 합창단에 입단을 하려면 반드시 오디션을 거쳐야 했는데, 상우는 순서를 기다리는 동안 덜덜 떨며 긴장하던 것과 달리 심사 위원들 앞에서 편안하게 노래를 불러 칭찬을 받았다. 얼마 뒤 합창 본부에서 중학교로 합격 소식을 알려 왔다. 상우는 교무실 앞 게시판에 제 이름이 커다랗게 붙어 있어 놀랐다고 했다. 상우는 연말에 있을 합동 공연에 대비해 지도 교사와 함께 연습했고, 우리 가족은 한국으로 돌아오기 3주 전 큰 무대 위에 단원들과 나란히 선 상우의 자랑스러운 모습을 볼 수 있었다.

한국으로 돌아갈 날이 가까워지면 대부분의 엄마들은 아이가 한국의 교육 과정에 적응하지 못할까 봐 초조해했다. 미리 대비해야 한다며 현지 유학생들에게 과외를 받게 하거나, 남편만 남겨둔 채 아이들을 데리고 서둘러 한국으로 돌아가 버리기도 했다. 특목고를 노리는 엄마들은 더욱 분주했다.

나도 한국 학교의 공부가 미국 학교처럼 느슨하지 않으리라는 것은 알고 있었다. 하지만 우리에게는 준비해 온 3년 치 한국 교과서가 있었고, 아이들은 주말마다 그 교과서로 한국 교과 과정을 꾸준히 공부하고 있었다. 연우와 상우가 문제를 풀면 채점은 남편이 했다. 아이들은 스스로 공부하다가 궁금한 것이 생기면 나와 남편에게 질문을 했다. 그게 전부였다. 그리고 그거면 충분하다고 생각했다. 미국에서 학교를 다니는 동안 아이들은 다양한 활동을 경험하며 진로를 찾아 나갔다. 나는 지금까지 해 온 것처럼 두 아이에게 공부를 강요하지 않기로 했다. 한국 학교에 적응할 일을 걱정하며 아이들에게서 스스로 공부하는 즐거움을 빼앗는 그런 선택은 하고 싶지 않았다.

자녀 교육에서 가장 중요한 건 아이가 잘하는 일, 아이가 하고 싶어 하는 일을 찾아 주는 것이라고 생각한다. 그러려면 부모와 자식 간의 밀접한 소통이 필요하고, 어릴 때부터 자식을 세심하게 관찰하는 부모의 인내심이 필요하다. 부모의 관심은 과목당 수십만 원 하는 고액 과외나 수백만 원짜리 컨설팅보다도 훨씬 힘이 세다. 나는 두 아이를 키우며 학습지 한 번 시켜 본 적이 없었지만 내 아이가 무엇에 관심이 있는지, 어떤 재능을 지니고 있는지는 누구보다 잘 알고 있었다. 그래서 떠도는 최신 정보에 휘둘리지 않고 내 소신껏 아이들을 키울 수 있었다. 그리고 연우와 상우가 커 가는 모습을 보며 내 판단이 틀리지 않았다는 자신감을 얻었다.

미국에 온 지 얼마 안 되었을 때 어느 학교 건물에 걸린 플래카드를 보았다. 거기엔 이런 글귀가 적혀 있었다.

'우리는 달라질 수 있다(We can make a difference)!'

그 문구를 보는 순간 자신감이 생겼다. 그 글귀가 나를 향해 말하고 있는 것 같았다. 아주 작고 사소한 계기로도 얼마든지 달라질 수 있고, 새로운 가능성을 발견할 수 있다고. 연우는 어릴 적부터 늘 그림을 그렸기 때문에 학교 벽면에 벽화까지 그리게 되었고, 고속도로를 달리는 차 안에서 과학의 아름다움을 처음 발견하며 자신의 꿈을 세우게 되었다. 네 살적부터 엄마와 장을 보며 셈을 익혔고, 중학교 수학 클럽에서 활동하며 실력을 다져 아이오와 주 수학경시대회에서 수상했다.

어쩌면 다른 사람들의 눈에는 연우가 똑똑하고 특별한 아이로만 보일지도 모르겠다. 하지만 이건 나와 우리 아이들만의 이야기가 아니다. 모든 아이는 저마다의 고유한 재능과 강점을 지니고 있다.

아이들 교육에 어려움을 느끼는 부모를 만나게 되면 이것만큼은 꼭 이야기해 주고 싶다. 내 아이에 대해 나만큼 잘 아는 사람은 없다는 자신감을 가지라고. 또 아이들에게 잠재된 가능성을 믿고 더 주의 깊게 살펴보라고. 아이의 인생에 놀라운 변화를 가져오는 것은 값비싼 사교육이 아니라 부모의 관심과 믿음, 그리고 일상에서 발견해 쌓아 올린 사소한 계기들이다.

영재 프로그램
BSI

연우가 8학년 여름방학을 앞두고 있던 어느 날이었다. 아이오와 대학으로부터 우편물 한 통이 날아왔다. 그 속에는 놀라운 소식이 들어 있었다. 연우가 아이오와 대학의 영재 프로그램 BSI(Blank Summer Institute)에 합격했다는 것이었다.

아이오와 대학은 각 중학교에서 7개 분야의 영재 후보를 추천받아 서류를 심사한 다음 최종 합격자를 가렸다. 연우는 그동안 만든 과학 과제물, 그림, 디자인 작품 들을 모아 포트폴리오를 만들고 정성껏 자기소개서를 썼다. 그리고 학교 담당 교사의 추천서와 함께 대학에 제출했다. 연우는 대학에서 정한 일곱 개 분야 가운데 '멀티미디어 앤드 테크놀로지(Multimedia and Technology)' 부문에 뽑혔다. 중학교에 입학한 뒤로 각종 콘테스트에 나가 입상을 하고 다양한 경험을 쌓아 온 것이 합격한 주요 이유였을 것이다. 단순히 학교 시험에만 매달리는 아이들은 그 프로그램에 선발되지 못했다.

"우리 딸, 항상 열심히 노력하니까 이런 좋은 일이 생기는구나."

남편이 연우를 칭찬했다.

BSI 프로그램에 선발된 아이들은 여름방학 동안 아이오와 대학 기숙사에서 합숙하며 특별 교육을 받고 주어진 프로젝트를 수행하게 되어 있었다.

드디어 개회식 날이 되었다. 프로그램에 선발된 아이들은 정오부터 기숙사에 입사할 수 있었는데, 각 도시에서 몰려온 아이들과 가족들로 한여름의 캠퍼스는 일찍부터 북적거렸다. 할머니 할아버지까지 3대가 동행한 가족들도 있었다. 첫날이라 가족들에게도 아이가 지낼 방을 둘러볼 기회가 주어졌다. 연우는 짐을 푸는 일도, 기숙사에 입사하는 데 필요한 절차를 밟는 것도 모두 스스로 했다. 남편과 나는 할 일이 없어 손을 놓고 방 안을 서성거리기만 했다.

기숙사의 방은 세 사람이 쓰도록 되어 있었다. 다른 아이들의 침대 위에는 대학에서 마련해 준 얇은 이불이 아니라 집에서 가져온 듯한 두꺼운 이불이 놓여 있었는데, 나는 그걸 보고서야 아차 싶었다. 다른 부모들은 여름이어도 냉방 때문에 추울 것을 대비해 미리 두꺼운 이불을 준비해 온 것이었다. 엄마라는 사람이 자식의 이부자리도 제대로 챙겨 주지 못해 미안했다. 하지만 연우는 더위를 많이 타니까 괜찮을 거라며 오히려 미안해하는 나를 감싸 주었다.

개회식이 끝난 뒤 연우와 우리 가족은 짧게 작별 인사를 나누었다.

"연우야, 잘 지내라. 필요한 거 있으면 바로 전화하고."

"응, 엄마. 걱정하지 마."

연우는 당부하는 말을 듣자마자 짧게 대답하고는 기숙사 건물 안으로 쏙 들어가 버렸다. 남편과 나는 여전히 서로 얼싸안은 채 헤어지지 못하고 있는 다른 가족들을 부러운 눈길로 바라보며 집으로 돌아왔다.

프로그램이 진행되는 동안 연우는 가족과 떨어져 지내면서도 힘든 기색 없이 씩씩하게 생활했다. 오히려 처음 만난 친구들과 새로운 분야를 공부할 수 있어 즐거운 듯했다.

BSI 프로그램 마지막 날 폐회식이 열렸다. 프로그램에 참가한 학생들이 분야별로 나와 그동안 수행한 프로젝트의 내용과 결과물을 소개했다. 연우가 속한 '멀티미디어 앤드 테크놀로지' 클래스의 아이들은 그동안 배운 포토샵(photoshop), 사운드 에디트(sound edit), 프리미어(premier), 디렉터(director) 등의 프로그램으로 주어진 과제인 영화를 제작했다. 아이들이 앞으로 나가 프로그램에서 배운 방법을 활용해 직접 만든 영화를 소개했다. 영화 제목은 「아이오와 시티 투어(Iowa City Tour)」로 가이드가 도시의 주요 장소를 안내하는 내용이었다. 어린 학생들이 처음 배운 프로그램을 이용해 만든 작품이었지만 영화 곳곳에서 노력한 흔적이 엿보였다.

행사의 마지막 순서는 수료증과 장학금 증서 수여식이었다. 아쉽게도 연우가 그 장학금 증서를 쓸 기회는 없었다. 그 장학금은 아이오와 대학

에 입학할 경우에 한해 주어지는 것이었는데, 연우는 한국에 돌아와 고
교 과정을 마친 뒤 서울대학교에 입학했기 때문이다.

다시
한국으로

어느새 한국으로 돌아갈 날이 가까워지고 있었다. 귀국을 앞둔 가을, 나는 상우와 매일 저녁 아파트 주변을 산책했다. 가볍게 운동이나 하자고 불러냈지만, 실은 중학생이 된 아이와 진지하게 이야기를 나누고 싶어서였다. 그 즈음 나는 한국 학교에 퍼져 있는 일진에 관한 뉴스를 접했다. 얼마 뒤면 한국으로 돌아가게 될 텐데 상우가 그런 학교 분위기에 잘 적응할 수 있을지, 혹시 어려운 집안 사정 때문에 주눅 들어 불량한 아이들로부터 괴롭힘을 당하지는 않을지 걱정스러웠다. 그래서 미리 상우와 이야기를 나누며 한국 학교의 사정을 들려주고 이해시키려는 생각이었다. 어린 나이에 미국으로 건너와 3년을 보냈으니 한국 학교의 분위기에 익숙하지 않아 친구들 사이에서 도드라져 보일지도 모르는 일이었다.

"상우야, 한국 학교에 가면 적응하기가 생각보다 힘들지도 몰라. 혹시 일진 아이들이 괴롭히더라도 네가 평소처럼 여유를 잃지 않았으면 좋겠다."

상우는 내 말을 이해한다는 듯 의젓한 표정으로 고개를 끄덕였다. 우리는 미국에서 사귄 친구들의 이야기며 어려운 형편을 이겨 낼 방법에 이르기까지 터놓고 이야기를 나눴다. 대화를 나누는 동안 상우의 친구 엄마로부터 전해 들은 이야기가 떠올랐다. 그 엄마가 아이 친구 여럿을 차에 태우고 어느 행사장으로 가던 중이었는데 차에 타고 있던 아이들 가운데 유독 상우만 창밖을 내다보고 중얼거리더라는 것이다. 이상하게 여긴 아이 엄마는 상우에게 그 이유를 물었다.

"상우야, 뭘 그렇게 열심히 보고 있는 거니?"

그러자 상우는 이렇게 대답했다고 한다.

"주유소의 기름값이 얼마인지 비교해 보고 있어요."

엄마 아빠가 차를 탈 때마다 기름값을 비교해 싼 주유소를 찾는 것을 보고 친구들과 함께 있으면서도 가격표를 그냥 지나치지 못한 모양이었다. 그 엄마에게서 이야기를 전해 들으며 나는 눈물이 난 걸 들키지 않으려고 고개를 돌렸다.

귀국하기 한 달 전 우리 가족은 무빙세일(Moving sale)을 하기로 했다. 무빙세일이란 말 그대로 이사를 앞두고 살림살이를 정리해 파는 것이다. 3년간 몇 차례 이웃들의 무빙세일을 보며 나도 귀국할 때 꼭 해 보리라 마음먹고 있었다. 물품을 팔아 적은 돈이나마 벌 수 있고 아이들에게도 물건을 파는 기회를 경험하게 해 줄 수 있을 것 같았다. 아니나 다를까, 연우는 스스로 물건들을 진열하고 팔겠다고 두 팔을 걷어붙이고 나섰다.

우리는 한국에 가져갈 물건들을 골라 놓고 무빙세일에 내놓을 물품 목록을 짰다. 연우와 나는 메모지를 들고 온 집 안을 돌며 가격을 매겼다. 미국에 와서 차고 세일(Garage sale)이나 바자회를 찾아다니며 구한 물건들이라 새로 산 살림은 하나도 없었다. 연우는 캘리그래피로 가격표를 만들고 그림 솜씨를 발휘해 직접 도안한 광고지도 인쇄해 주었다. 그리고 나와 함께 아파트 단지를 돌며 게시판마다 광고지를 붙였다. 나는 그런 딸이 참 믿음직스러웠다. 연우는 어릴 적부터 나를 따라 시장을 돌아다니며 장을 봤고, 미국에 온 뒤에도 온갖 집안일들을 도와주었으니 나와 살림을 함께 한 것이나 다름없었다.

집 안 구석구석에서 갖가지 물건들이 나와 쌓였다. 미국에서 3년을 살았을 뿐인데 쌓인 물건들을 보니 그 시간이 꽤 길었구나 하는 생각이 들었다. 그건 마치 3년 동안 쓴 일기를 펼쳐 놓고 보는 것 같은 기분이었다.

무빙세일 전날, 우리는 테이블을 거실 중앙에 옮기고 팔 물건들을 진열해 놓았다. 연우가 만든 광고지의 효과는 대단했다. 좋은 물건을 먼저 사기 위해 전화로 예약을 하는 사람도 있었다. 가구와 가전제품은 세일을 시작하기도 전 순식간에 팔려 나갔다. 우리 집에 전화를 걸어 같은 한국 사람이니 물건값을 좀 깎아 줄 수 없겠느냐고 묻는 이도 있었다. 무빙세일 날, 오전 10시가 되자 나는 현관문을 활짝 열어 놓았다. 영어 공부를 함께 하는 유학생의 아내들도 찾아와 일을 도왔다. 사람들이 몰려들기 시작했고, 대부분의 물건이 오전 중에 다 팔렸다. 나머지 자질구레한 물건들은 마지막에 찾아온 사람에게 그냥 내주었다. 세일이 끝난 뒤 나는 그날 번 돈 254달러를 수고한 연우와 상우에게 나누어 주었다. 예상보다 많은 금액이어서 연우와 상우는 무척 놀랐다. 힘든 집안 형편을 잘 견뎌 의젓하게 자라 준 데 대한 엄마의 선물이었다. 우리는 그렇게 3년 동안의 미국 생활을 정리했다.

그리고 남편의 졸업식이 다가왔다. 2000년 12월 15일, 3년 동안 눈물 겹도록 고생한 끝에 석사와 박사 과정을 모두 마치고 학위를 받는 날이었다. 나도 커뮤니티 칼리지로부터 영어 클래스 수료증을 받아 두어 한국으로 돌아가는 마음이 든든했다. 그 무렵 기온은 영하 30도 가까이 떨어져 있었지만 남편이 목표했던 대로 박사 학위를 받는다고 생각하니 추위도 느껴지지 않았다.

학위 수여식은 저녁 7시 대강당에서 열렸다. 남편과 남편의 동료들까지 세 사람이 나란히 박사 학위를 받게 되어 가족들이 모두 한자리에 모였다. 아이오와 대학 총장이 박사 학위를 받는 졸업생 한 사람 한 사람에게 직접 학위증을 수여하고 악수를 청했다. 남편이 총장 앞으로 걸어 나갔다. 엄청난 빚더미에 짓눌린 채 불면증과 싸워 가며 그 자리에 선 남편이었다. 시련을 이겨 내기 위해 3년 동안 오직 공부에만 몰두한 남편을 보자 감정이 복받쳐 눈물이 쏟아졌다.

마지막으로 논문 심사를 받던 날이 떠올랐다. 그날은 논문을 심사한 교수들과 지도 교수가 질문을 하고 남편이 답변을 해야 하는 중요한 날이었다. 논문을 제출한 사람은 교수들에게 커피와 쿠키를 대접하는 게 전통이었다. 나는 그 전날 마트에 가서 가장 좋아 보이는 쿠키를 골라 준비해 두었다. 남들은 과자 전문점에서 산 고급 쿠키를 내놓는데, 다시 오지 않을 중요한 자리에 그렇게밖에 준비하지 못해 마음에 걸렸다. 남편은 미국에 온 뒤 처음으로 양복을 입고 넥타이를 단정하게 맸다. 한국에서 늘 입고 다녔던 양복인데도 남편은 그런 자신의 모습이 어색한 듯했다. 그동안 체중까지 많이 줄어 꼭 맞던 양복이 헐렁해져 있었다. 미국에서 공부하는 동안 남편은 늘 캐주얼한 점퍼 차림에 백팩을 메고 학교에 다녔다. 남편이 메고 다니던 백팩은 상자에 넣어 지금도 고이 보관하고 있다. 마흔이 넘은 나이에 유학을 간 남편은 생각만큼 영어가 늘지 않아 3년 내내 고생을 했다. 얼마나 마음고생이 심했던지 동료 가족들과 모인 자리에서 "마흔 넘은 사람은 유학을 금지시켜야 한다"며 농담을 할 정도였다. 그렇게 고생하는 남편을 빚 생각이 날 때마다 원망하며 몰아세우곤 했었다. 교수진에게 마지막 논문 심사를 받던 그날, 눈에 띄게 헐렁해진 양복을 입고 어색해하는 남편의 모습을 보다가 코끝이 찡해져 나는 얼른 밖으로 나와 버렸다.

　남편이 졸업식 단상 위에 서기까지 얼마나 애썼던가. 미국에 살면서 겪었던 온갖 일들이 머릿속에 떠올랐다. 작아진 안경 때문에 상우의 뺨에 멍이 들었다는 걸 알게 된 일, 후배에게 연구 조교 자리를 빼앗긴 남편을 원망하며 울었던 일, 처음 떠난 가족 여행에서 햄버거 사는 돈이 아까워 공원을 찾아다니며 라면을 끓여 먹은 일……. 남편이 박사 학위를 받는 영광스러운 자리에서 나는 초라한 기억들만 떠올리며 눈물을 흘리고 있었다. 고개를 흔들어 떨쳐 보려 했지만 그 장면들은 계속 떠나지 않고 맴돌았다.

　학위증을 받아 든 남편이 총장과 악수를 나누고 동료들과 나란히 단상 위에 섰다. 남편은 나와 아이들이 앉아 있는 객석 쪽을 바라보고 있었다. 우리를 알아본 것 같았다. 상우가 남편을 향해 팔을 흔들었다. 그때 남편의 눈가에 반짝하는 빛이 지나갔다. 남편의 눈에 눈물이 고인 것 같다고 느꼈다. 나는 웃어 보이려고 했지만 계속 눈물이 흘렀다.

집에 돌아와 친정어머니에게 전화를 걸었다.

"엄마, 오늘 연우 아빠 졸업식 잘 마치고 박사 학위 받았어요."

말을 잇는 동안 쌓였던 설움이 복받쳤다.

"그래. 애쓴 보람이 있어 다행이다. 그런 몹쓸 일을 당하고 어려운 공부까지 하느라 연우 아빠도 고생했고, 남편 뒷바라지하느라 너도 그동안 애 많이 썼다. 이제 너희 형편도 좀 나아져야 할 텐데……."

어느새 전화기 너머 어머니의 목소리도 흔들리고 있었다. 그날 어머니와 나는 전화기를 붙들고 앉아 한참을 울었다.

학위 수여식을 마치자마자 우리는 곧바로 아파트를 비워 주어야 했다. 귀국하기 전날 미리 정리해 둔 짐을 한국으로 부쳤다. 가을로 접어들면서부터 마음속으로 떠날 준비를 하고 있던 터였다. 남은 건 각자가 들고 갈 책 몇 권뿐이었다. 짐을 정리하고 나니 갑자기 집 안이 휑해 보였다. 짐을 부친 뒤 미국을 떠나기 전 마지막으로 해야 할 일이 남아 있었다. 청소였다. 우리는 각자 맡은 구역을 청소하며 우리가 살아온 흔적들을 하나하나 지워 나갔다. 이전 아파트에서 나올 때 한 번 경험해 봐서 이번에는 훨씬 쉽게 끝이 났다.

학생 아파트는 부엌에 창문이 없어 바람이 통하지 않았다. 여름이면 기온이 40도 넘게 올라가는 날이 많아 밥을 짓기가 고역이었다. 나는 더위를 잘 타지 않는데도 그 열기는 정말 견디기 힘들었다. 그런데도 돈을 아끼려고 선풍기 두 대만으로 그 찜통 같은 여름날을 견뎠다. 에어컨이 없는 집은 우리 집뿐이었다. 여름에는 손님을 초대하기가 미안해 우리 집에서 모임을 열지 않았다. 땀을 흘리는 상우가 안쓰러웠는지 상우 친구의 엄마가 상우를 자기 집에 보내 재우라고 하기도 했다. 고마웠지만 사양했다. 아이들도 에어컨이 없는 것에 대해 불평하지 않았다.

그 힘들었던 시간을 보내고 우리는 이제 다시 한국으로 돌아갈 준비를 하고 있었다. 3년 전, 연우와 상우는 두려움과 설렘을 품고 미국 땅에 발을 디뎠다. 친구들과 헤어져 낯선 나라에서 지낼 생각으로 우울해하기도 했다. 그런데 이번에는 미국 학교에서 사귄 친구들과 헤어져야 한다는 생각으로 울적해져 있었다. 한국으로 돌아가지 않겠다며 여러 날 울기도 했다. 아이들 역시 입시 지옥인 한국 학교의 사정을 뉴스로 전해 듣고 있었다. 그래서 더더욱 돌아가기 싫었을 것이다. 주말마다 한국에서 가져온 교과서를 들여다보기는 했지만 줄곧 한국에서 공부해 온 아이들의 학습량과 비교가 되겠는가. 미국 학교에서 두 아이의 학점은 항상 A였지만 아무리 긍정적인 아이들이라 해도 한국 학교에 다시 적응할 일을 생각하면 심란했을 것이다.

"엄마, 나 한국 가서 꼴찌하면 어쩌지?"

상우가 걱정스럽게 물었다.

"혼자서도 잘 지낼 수 있는데 나 그냥 미국에 남아 있으면 안 돼?"

연우가 사정했다.

"안 돼! 다 함께 돌아가야 해."

나는 단호하게 말했다. 나도 아이들의 마음을 모르는 게 아니었다. 온 집안이 쑥대밭이 되어 버린 와중에 엉겁결에 부모를 따라 미국으로 건너왔고, 밖으로는 낯선 환경에 적응하느라 안으로는 사춘기의 반항심을 이겨 내느라 누구보다도 힘들었을 것이다. 그런 아이들이 또다시 한국 학교에 적응하느라 고생할 것을 생각하니 안쓰러웠다. 그래도 어쩔 수 없는 일이었다.

아이들은 원치 않아도 받아들여야 하는 일이 있다는 걸 알고 있어서 인지 한국으로 돌아가야 하는 사정을 금세 이해했다. 3년 동안 아이들은 훌쩍 자란 키만큼이나 생각의 깊이도 깊어져 있었다. 두 아이는 텅 빈 방 한구석에 앉아 책을 읽으며 미국에서 지낸 시간을 정리했다. 의연한 아이들의 모습을 보며 마음이 흐뭇해졌다. 커다란 보물을 얻어 돌아가는 기분이었다.

연우는 전보다 더 공부에 집중하기 시작했다.

시험에서 자신이 예상한 것보다 한 문제라도 더 틀리면

독이 오른 고추처럼 이를 악물고 공부에 열을 올렸다.

원하는 성적을 받지 못하면 울면서도 책상 앞을 떠나지 않았다.

_ 전쟁 같은 한국 생활 中

PART 3

전교 230등,
서울대학교에
가다

고1이
과외 선생을 한다고?

우리 가족이 한국에 돌아와 살게 된 집은 경기도 일산의 작은 아파트였다. 보증 빚 때문에 멀쩡한 내 집을 날리고 빈털터리가 되어 미국으로 건너갔으니 귀국할 일을 생각하면 막막하기만 했다. 집을 구해야 하는데 가진 돈이라고는 아껴 두었던 약간의 비상금이 전부였다. 보증 사고가 터졌을 때 채권단은 대출금을 회수할 근거를 찾으려고 채무자들과 관련된 부모 형제의 계좌와 부동산까지 샅샅이 뒤졌다. 그때 나는 내 이름으로 넣어 두었던 예금까지 해약해 보관하고 있었다. 얼마 안 되는 액수였지만 그것마저도 채권단에게 빼앗길까 봐 두려웠던 것이다. 하지만 그 돈만으로는 한국에 돌아가 살 집을 구할 수 없었다. 옛날처럼 월세를 치르며 살 수밖에 없을 텐데, 봉급의 절반을 압류당하고 남은 돈으로 월세까지 내고 나면 네 식구가 생활하기도 어려울 터였다. 한국으로 돌아갈 날이 다가올수록 속이 타 들어갔다. 도움을 청할 곳이라고는 친정 형제들밖에 없었다. 나는 친정 동생과 자주 연락하며 답답한 마음을 털어놓았다.

"가진 돈이라고 해 봐야 얼마 되지도 않는데 어쩌면 좋을까? 그 돈으로는 변두리 동네 허름한 집도 얻지 못할 텐데."

내가 한숨을 쉬자 동생이 나를 위로하며 말했다.

"언니, 조금만 기다려 봐. IMF 터진 뒤여서 전세가 그렇게 비싸진 않거든. 엄마랑 내가 보태면 작은 아파트 정도는 얻을 수 있을지 몰라. 너무 걱정하지 마."

그 말에 태산 같았던 걱정이 풀리며 마음이 조금 편해졌다. 그렇게 해서 우리는 일산 신도시 변두리에 살 집을 마련할 수 있었다. 작은 아파트였지만 막사나 다름없는 학생용 아파트에서 살던 우리에게는 그저 분에 넘쳐 보일 따름이었다.

"엄마, 미국 집이랑 달라. 우리 방도 있어."

아이들은 눈이 휘둥그레져 집 안을 두리번거렸다. 방이 두 개뿐인 학생 아파트에서 다 큰 남동생과 한 방을 썼던 연우는 제 방을 보자 반색을 하고 달려갔다. 비록 내 집은 아니었지만 그래도 이렇게 살 곳이 생기다니 그저 감사했다. 만약 그 집을 얻지 못했다면 어떻게 되었을까. 가뜩이나 한국 학교에 적응할 일로 심란했을 아이들이 집 때문에 마음고생까지 했을지도 모른다. 어쩌면 아이들이 한국 생활에 익숙해지기까지 가장 큰 도움을 준 건 바로 그 아파트가 아니었을까.

새 집에 가구라고는 달랑 붙박이장 하나뿐이었다. 저녁에 남편과 볼일을 보고 들어오는데 쓰레기장에 버려진 장롱 하나가 눈에 띄었다. 궁하면 통한다고 했던가. 어느 집에서 새 아파트로 이사하며 헌 장롱을 버린 모양이었다. 장롱은 구식이었지만 그런대로 깨끗해 보였다. 우리는 그 장롱을 집에 들이기로 했다. 미국에 살 때부터 늘 그렇게 버려진 물건들을 가져다 썼기 때문에 창피하다는 생각은 들지 않았다. 아파트 경비원의 도움을 받아 장롱을 집 안으로 들이고 걸레로 깨끗이 닦았다. 군데군데 찌그러지기는 했지만 장롱 살 걱정을 덜었다는 생각에 기분이 좋았다. 짐을 풀고 나서 네 식구가 한자리에 모여 앉았다.

"이제 한국에 돌아왔으니까 여기 생활에 잘 적응해야 돼. 미국에 가서도 잘해 냈으니, 우리나라에서는 더 잘할 수 있을 거야. 그렇지?"

내가 아이들에게 물었다.

"응, 잘할 수 있을 것 같아."

연우가 자신 있게 대답했다.

"그런데 엄마, 일진 애들이 괴롭히면 어떡하지?"

중학교 2학년에 편입할 상우는 일진이 가장 걱정스러운 모양이었다.

"미리 겁먹을 필요는 없어. 네가 해야 할 공부만 착실하게 하면 돼. 좋은 친구들도 많이 있을 테니까."

나는 아이를 다독이며 덧붙여 말했다.

"우리 집 형편이 어렵다는 거 너희도 잘 알지? 이제부터는 더 아끼면서 살아야 돼. 엄마도 곧바로 일을 구해서 돈을 벌거니까 힘들어도 참고 살자."

"알았어."

아이들은 순순히 고개를 끄덕였다. 그때 연우가 입을 열었다.

"엄마, 나도 영어 과외 해 보고 싶은데…… 해도 돼?

초등학생과 중학생 아이들을 가르치고 돈을 벌어 엄마 아빠를 돕겠다는 것이었다.

대견한 생각이었지만 전혀 예상하지 못했던 일이라 당황스러웠다.

"네가 과외를 하겠다고?"

남편과 나는 딸아이의 말에 놀라 잠시 서로를 바라보았다. 하지만 '왜 그런 말을 하느냐, 그럴 시간이 있으면 네 공부나 해라'라는 말로 아이의 의욕을 꺾고 싶지는 않았다.

"그래? 하고 싶으면 한번 해 봐."

우리가 내린 결론은 그랬다. 미국에서 지내는 동안 우리 가족은 무슨 일이든 적극적으로 도전해 보는 태도를 배웠다. 그런 우리가 한국에서는 오히려 이상하게 보인다는 걸 나중에야 깨달았다. .

허락을 받은 연우는 그 생각을 곧바로 행동에 옮겼다. 인쇄물에 넣을 문구와 그림을 고르더니 광고지 50장을 만들어 가져왔다.

초, 중 영어 과외 학생 구합니다.
미국에서 3년 살고 방금 귀국한 고등학교 1학년 학생입니다.
영어를 재미있게 배우고 싶은 학생 환영합니다.

우리는 그 광고지를 아파트 게시판과 동네 곳곳에 붙이기로 했다. 광고지를 붙이는 일은 상우가 맡겠다고 나섰다. 누나에게 뭔가 도움을 주고 싶었던 모양이다. 우리는 광고지와 테이프를 하나씩 손에 들고 상우를 앞세워 밖으로 나갔다. 아파트 단지 안의 게시판에 광고지를 붙이고 있는데 경비원이 다가와 말했다.

"그거 도장 받았어요?"

"무슨 도장이요?"

영문을 알 수 없어 경비원에게 물었다.

"아, 도장 안 받은 거네. 이런 거 그냥 막 가져다 붙이면 안 돼요. 부녀회에 광고비를 내면 부녀회장이 게시판에 광고할 수 있는 도장을 찍어 줘요. 그래야 여기 붙일 수 있어요."

광고지 한 장 붙이는 데도 돈을 내야 한다는 말에 나는 당황하지 않을 수 없었다. 동네 사람들끼리 서로 소식을 주고받는 일인데 돈을 내라니. 그전에는 없던 일이 우리가 한국을 떠나 있던 3년 사이에 생긴 것이었다. 야박하다는 생각이 들었지만, 광고지까지 준비한 연우의 정성을 생

126

각해 돈을 내고서라도 광고를 내 보기로 했다.

"부녀회장은 어디 가면 만날 수 있나요?"

나는 경비원이 알려 준 대로 부녀회장의 집을 찾아갔다. 그리고 정해진 돈을 내고 도장을 받아 게시판에 광고지를 붙였다. 광고지를 붙여 놓을 수 있는 기간은 일주일뿐이었다. 하지만 그 일주일 동안 과외를 하겠다는 전화는 한 통도 걸려 오지 않았다. 오히려 입시 준비를 해도 모자랄 고등학생에게 다른 아이들을 가르칠 시간이 어디 있느냐고 반문하는 전화만 걸려 왔다. 아무런 성과도 얻지 못하자 연우는 실망한 기색이 역력했다. 마치 우리가 세상 물정 모르는 사람이 된 것 같았다. 결국 연우의 도전은 광고지를 붙이는 데 든 비용도 거두지 못하고 끝나 버렸다.

하지만 그 일은 연우에게 잊히지 않을 사회 경험으로 남았다. 남편과 나는 연우에게 그 일이 얼마나 용기 있는 도전이었는지를 알려 주었다. 그런 용기는 아무나 쉽게 낼 수 있는 게 아니라고 말하며 칭찬해 주었다. 도전은 실패로 끝났지만 연우는 그 일로 창피해하지 않고 오히려 자신감을 얻었다. 정말 부끄러운 것은 실패가 아니라 해 보지도 않고 피하는 태도라는 것을 우리는 잘 알고 있었다.

전쟁 같은
한국 생활

　남편은 한국에 돌아온 뒤에도 한동안 발령을 받지 못한 채 기다려야만 했다. 그리고 한참 뒤 거액의 빚 때문에 불이익을 당해 생각지도 못한 자리로 가게 되었다. 그렇지 않아도 마음이 편치 않은데 남편의 직장에서까지 냉대하니 딛고 설 자리가 없는 것 같았다. 게다가 귀국한 뒤 내게 이상한 증세가 나타나기 시작했다. 거리에 나가면 누군가가 달려들어 해칠 것 같아서 혼자 집 밖으로 나가기가 두려워진 것이다. 현관문을 나서면 반사적으로 온몸이 움츠러들었고 사람들의 얼굴을 똑바로 바라볼 수가 없었다. 사람들이 이유 없이 나를 공격하고 내게서 뭐든 다 빼앗아 갈 것 같은 위기감이 들었다. 빚 스트레스로 생긴 증세라는 건 나중에야 알게 되었다. 나는 가족들에게 걱정을 끼칠까 봐 드러내지 않고 속으로만 삭였다. 아이들에게는 힘든 일이 닥쳐도 참고 이겨 내야 한다고 말해 놓고 내가 엄살을 부리는 것 같아서였다.

아프다고 여유를 부릴 수 있는 처지가 아니었다. 하루라도 빨리 돈을 벌어 집안 살림에 보태야 했다. 짐 정리를 대강 끝낸 뒤 곧바로 영어 학습지 지사를 찾아 일을 구했다. 한국에 돌아온 지 일주일 만이었다. 한국에 영어 열풍이 불고 있다는 소식을 듣고 귀국하기 전부터 염두에 두고 있던 일이었다. 나는 커뮤니티 칼리지에서 받은 수료증을 지사에 제출했고, 4주 동안 수습 교육을 받아야 하는 다른 교사들과 달리 일주일 만에 방문 수업을 시작할 수 있었다. 귀국하자마자 일을 하러 나온 나를 보고 동료 교사들은 놀랍다는 반응을 보였다. 다행히도 바쁜 게 약이 되었는지 일에 몰두하면서 나를 괴롭히던 증세는 조금씩 가라앉았다.

얼마 지나지도 않아 우리 집 우편함에 빚을 갚으라는 독촉장이 날아들기 시작했다. 남편의 발령장을 받기도 전에 빚 독촉장부터 받게 된 것이다. 채권단은 마치 우리의 일거수일투족을 감시하고 있는 것 같았다. 이사를 해도 어떻게 알아내는지 독촉장이 가장 먼저 새 집으로 날아왔다. 나는 채권단의 발 빠른 행동력에 놀라지 않을 수 없었다. 처음 독촉장 봉투를 열 때는 어떤 내용이 있을까 두려워 두 손이 벌벌 떨렸지만, 하도 많이 받다 보니 나중에는 열어 보지도 않고 그냥 쌓아 두게 되었다. 협박에 가까운 거친 문구에도 점차 무뎌졌다. 독촉장은 주기적으로 날아와 집 안 한구석에 장서처럼 쌓여 갔다.

아이들은 다시 한국 학교로 돌아왔다. 연우는 고등학교 1학년에, 상우는 중학교 2학년에 편입했다. 몇 년 뒤 대학 입시를 치르게 될 연우는 한국의 중학교 과정 전체를 건너뛰고 곧바로 고등학교에 입학했기 때문에 그만큼 불리한 조건을 이겨 내야 했다. 이제 우리에게 가장 중요한 일은 두 아이가 별 탈 없이 한국 학교생활에 적응하도록 돕는 것이었다. 나에게는 두 아이가 한국 학교의 제도를 이해하고 긍정적으로 받아들이도록 이끌어야 하는 새로운 일이 주어졌다. 아이들은 미국 학교와 너무 다른 한국 학교에 대해 불만을 털어놓고는 했다. 나는 무심코 그런 아이들 편을 들지 않도록 말 한 마디 한 마디를 조심했다. 새로운 환경에 적응하는 건 누구에게나 힘든 일이지만 그렇다고 불평하는 아이들 편을 들어 준다면 아이들은 학교에 대한 부정적 이미지를 씻어 내지 못할 터였다. 실제로 한국 학교생활에 적응하지 못하는 아이를 다시 외국 학교로 돌려보내는 부모들도 적지 않았다. 나는 일부러 아이들 앞에서 그런 엄마들을 꼬집어 비판하기도 했다.

"사람은 생각보다 적응력이 강한데 그 엄마들은 그걸 모르나 봐. 불만이 있더라도 참고 견디는 힘을 길러 줘야지. 자기 아이들이 약하게 자라기를 바라는 걸까?"

"그러게 말이야, 엄마. 나도 그렇게 생각해."

"그거 공주병이나 왕자병 아냐?"

아이들이 내 말에 맞장구를 쳤다. 그렇게 말하는 사이 연우와 상우는 자신들과 그 아이들이 다르다고 생각하기 시작했다. '나는 잘 적응하고

있다. 나는 그 아이들처럼 '약하지 않다'는 생각을 바탕으로 학교생활에
도 자신감을 얻게 되었다. 정말이지 아이들은 부모의 태도를 그대로 닮
는다.

"엄마, 학교가 전쟁터 같아!"

어느 날, 학교에서 수업을 마치고 돌아온 연우가 내게 말했다. 새벽부
터 학교에 나와 밤늦게까지 공부하는 아이들을 보고 무척 놀란 모양이
었다. 어릴 때부터 사교육 한 번 받지 않고 마음껏 뛰놀며 자란 연우에게
그런 모습이 이상하게 보이는 건 당연한 일이었다. 그런데 그 말을 하는
연우의 표정은 마치 운동회를 앞둔 아이의 얼굴처럼 들떠 보였다. '그럼
어디 한번 신 나게 달려 볼까?' 하는 얼굴이었다.

귀국하기 얼마 전부터 나는 다른 학부모들을 통해 야간자율학습이니
선행학습이니 하는 한국의 새로운 용어들을 전해 듣게 되었다. 이미 오
래전부터 있었는데도 내가 워낙 그런 것에 둔해 모르고 있었던 건지도
모른다. 그렇게 몰아붙여 공부해 온 한국 학생들과 비교하면 연우의 학
습량은 부족할 수밖에 없었다. 하지만 나도 연우도 두렵거나 초조하지는
않았다. 그동안 혼자 공부하는 힘을 꾸준히 키워 왔기 때문에 극복할 자
신이 있었다.

3년 동안 미국 교육을 받으면서도 틈틈이 한국 교과서로 공부를 했고,
덕분에 스스로 공부하는 습관이 완전히 몸에 배인 것이다. 아이들은 새

로운 유형의 문제를 만나도 당황하거나 뒤로 물러서지 않았다. 연우와 상우에게는 한국 아이들이 학교 성적에만 매달려 있는 사이 쌓아 온 폭넓은 경험이 있었다. 영어, 음악, 미술, 수학, 과학, 그리고 아이오와 대학의 영재 프로그램과 아이오와 주의 오퍼스 아너 합창단까지 모두 쉽게 얻을 수 없는 귀중한 경험이었다. 아이들에겐 그 경험에서 나온 자신감이 있었다.

"연우야, 한국 학교에서는 간식도 시켜 먹을 수 있다더라. 미국 학교에는 그런 거 없었지?"

나는 아이들이 학교생활에 흥미를 느낄 수 있도록 이런저런 이야기를 들려주었다.

얼마 뒤 집에 돌아온 연우가 깔깔대며 말했다.

"엄마, 오늘 재밌는 일이 있었어. 야자 시작하기 전에 친구가 근처 분식집에 떡볶이랑 김밥을 시켰거든. 그런데 그걸 어떻게 받았는지 알아? 학교 담 너머로 받았어. 교실에 주변 분식집 전화번호가 다 있는 거야."

아이들은 조금씩 한국 학교생활에 흥미를 보였고, 미국 학교와의 차이를 즐기기 시작했다.

"한국 선생님들은 미국 학교 선생님과는 많이 다를 거야. 특히 입시 지도를 많이 한 선생님들 수업은 굉장히 열성적이래. 잘 들어 보렴."

"응, 맞아. 우리 수학 선생님이 그런 분인 것 같아. 그런데 가르치는 방식이 좀 일방적이야. 꼭 선거운동 하는 사람 같다니까."

미국으로 떠나기 전 선거운동 하는 정치인들의 모습을 보고 흉내 내곤 하던 상우가 말했다.

"미국 애들보다 한국 애들이 훨씬 더 아기자기하고 재밌어!"

연우는 벌써 한국 아이들과도 친해진 모양이었다. 무엇보다 좋은 친구들을 만나 다행이라는 생각이 들었다. 연우는 야간자율학습을 마치고 집에 돌아오면 하루 종일 학교에서 있었던 재미난 일들을 한 보따리 풀어 놓은 다음에야 공부를 시작했다.

"엄마, 중간고사 끝났다고 담임 선생님이 피자 사 주셨어."

"정말? 맛있었어? 요즘 선생님들은 애들한테 먹을 것도 잘 사 준다고 하더라. 엄마가 학교 다닐 때는 가난해서 그랬는지 그런 선생님이 없었는데. 우리 딸이 부럽네."

학교생활에 대한 아이들의 이야기를 듣다 보면 걱정스럽던 마음이 한결 가벼워졌다.

연우와 상우는 영어 공부를 따로 할 필요가 없었기 때문에, 다른 아이들이 영어 공부에 들이는 시간과 노력을 아낄 수 있었다. 하지만 상우는 국어 과목에 한계를 느끼는 듯했다. '식도락'을 '도시락'이라고 말하는 등 평소에도 한국어가 조금 서툴러 걱정이었다. 처음 한국 중학교에 다니기 시작한 상우는 '왜 학교 수업을 마친 뒤에도 계속 공부해야 하는지'를 이해하지 못했다. 미국에서는 입시를 대비해 하루 종일 공부하는 모습을 본 적이 없었기 때문이다. 한국식 공부 방법을 익히는 데 도움이 될까 싶어 처음으로 학원에 보내 보았지만 상우는 곧바로 거부했다. 감옥에 갇힌 죄수가 된 기분이라며 학원에 다니지 않고 제 스스로 공부하겠다는 것이었다. 나는 걱정스러웠지만 상우의 뜻에 따르기로 했다.

얼마 뒤, 상우는 첫 시험을 봤고 미술 과목에서 43점이라는 형편없는 점수를 받았다. 상우는 바닥에 가까운 점수를 보더니 어처구니가 없다는 표정을 지었다. 그러고는 큰 소리로 웃음을 터뜨렸다. 어쨌든 그 일을 계기로 상우는 좋은 성적을 얻으려면 미술 과목도 암기해야 한다는 사실을 스스로 깨닫게 되었다. 문제가 된 건 미술만이 아니었다. 상우는 수학을 제외한 대부분의 과목에서 기초가 약했다. 한국어로 개념을 익혀야 하는 게 가장 큰 문제였고, 다른 아이들에 비해 현격하게 떨어지는 학습량도 문제였다. 만만치 않은 현실을 깨달은 상우는 취약 과목인 국어와 사회 등 암기 과목 위주로 계획표를 짜고 공부하기 시작했다.

상우만큼은 아니었지만 연우도 한국의 교육 과정에 적응하기까지 어려움을 겪었다. 고등학교 1학년에 편입한 연우는 처음 치른 중간고사에서 230등이라는 성적을 받았다. 한국에서 초등학교를 다닐 때나 미국에서 중학교를 다닐 때도 항상 1등을 놓치지 않던 연우였는데, 영어를 제외하고는 모든 과목에서 기대 이하의 점수를 받았다. 예상치 못한 결과를 받고 연우는 꽤 충격을 받은 듯했다.

"수학은 전교 550명 중에서 398등이야. 하하하."

제 성적을 보고는 저도 어이가 없는지 헛웃음만 지었다. 미국 학교에서는 주 경시대회까지 나가 쟁쟁한 아이들과 실력을 겨뤘었는데, 연우가 받아 온 성적은 미국 아이들과 한국 아이들의 수학 실력이 얼마나 차이가 나는지를 한눈에 보여 주었다. 물론 한국 아이들이 선행학습을 얼마나 열심히 했는지 보여 주는 결과이기도 했다.

언어 영역에서는 그런대로 좋은 점수를 받았다. 미국에서 지내는 동안 영문 소설을 읽고, 일기와 에세이를 꾸준히 쓰며 언어 감각을 길러 온 덕분인 것 같았다.

첫 중간고사 성적을 보고 정신을 차린 연우는 전보다 더 공부에 집중하기 시작했다. 시험에서 자신이 예상한 것보다 한 문제라도 더 틀리면 독이 오른 고추처럼 이를 악물고 공부에 열을 올렸다. 원하는 성적을 받지 못하면 울면서도 책상 앞을 떠나지 않았다. 연우의 책상 앞에는 이런 글귀가 붙어 있었다.

'I can do it(나는 할 수 있다)!'

아이들은 어려운 가운데서도 엄살 부리지 않고 제 힘으로 길을 찾아 나갔다. 나는 평소와 다름없이 그런 아이들을 믿고 한 발짝 물러서서 지켜보았다. 주변에서 대학 입시에 대비해야지 그렇게 태평해서 되겠느냐고 말했지만, 나는 내 아이들을 잘 알고 있었다. 초조함을 못 이겨 아이들을 들볶으면 제대로 공부하기는커녕 스스로 생각하는 힘과 의지마저 잃게 될 거라고 생각했다. 무엇보다 스스로 주인이 되지 못하는 공부가 즐거울 리 없었다.

아이들이 학교생활에 적응해 가는 동안 나는 나대로 시작한 일에 적
응하느라 정신이 없었다. 영어 학습지 수업은 전화 수업과 방문 수업으
로 이루어졌다. 수업을 듣는 아이가 제대로 공부하고 있는지 간단하게
전화로 확인한 다음, 정기적으로 방문해 다시 한 번 꼼꼼히 점검하는 일
이었다. 방문 수업은 30분 단위로 짜여 있었는데 스케줄을 짜는 일이 쉽
지가 않았다. 20분 수업을 마치면 10분 안에 다음 수업이 있는 집으로
이동해야 했다. 시간에 쫓기며 급히 이동하다 보니 접촉 사고를 내기도
했다. 먼저 방문한 집과 다음 집 사이의 이동 시간을 꼼꼼히 따져 보고
짜야 하는데 초등학생과 중학생인 회원들은 대부분 이런저런 사교육을
받고 있어 시간을 짜기가 쉽지 않았다. 그래서 시간을 쪼개고 또 쪼개야
했다. 학습지 교사 일을 하며 나는 한국 사교육의 현주소를 보았다. 이런
한국의 교육 실정도 모르고 고등학교 1학년인 아이에게 과외 아르바이
트를 시키려 했으니, 딸아이의 광고지를 본 사람들은 분명 우리를 생각
없는 부모라고 욕하거나 비웃었을 것이다.

학습지 교사를 하는 내내 나는 하루를 30분 단위로 쪼개 쓰며 빡빡한
나날을 보냈다. 우리가 귀국하던 해에는 기록적인 폭설이라고 할 만큼
눈이 많이 내렸다. 어느 날, 발이 푹푹 잠기도록 쌓인 눈 더미를 헤치고
회원의 집으로 향하던 중이었다. 한국 생활에 미처 적응하기도 전에 일
을 시작해 무척 힘이 들었다. 몸도 마음도 고단했다.

"This is life. This is my life(아, 이게 바로 내 삶이구나)."

나도 모르게 그렇게 영어로 중얼거렸다. 그러다가 그런 나 자신이 우스워 자조적으로 피식 웃었다.

전화 수업을 시작한 지 얼마쯤 지나자 귀에 통증이 느껴졌다. 잠깐 그러다 말겠거니 생각했는데 증세가 가시기는커녕 점점 더 심해졌다. 하지만 일을 그만두지 않는 한 낫지 않을 직업병이니 양쪽 귀로 번갈아 전화 수업을 하며 견뎌야 했다.

수업을 하러 회원의 아파트 주차장에 도착하면 자연히 건물을 올려다보게 되었다. 수없이 늘어선 창문들을 바라보며 그 속에 어떤 사연이 숨겨져 있을지 상상했다. 어쩌면 저 집에 사는 사람들도 우리처럼 빚 때문에 고생하고 있을지 모른다, 사는 게 힘든 건 나 혼자만이 아닐 것이다, 그런 생각을 하며 나를 위로하곤 했다. 그러고 나면 다시 수업을 하러 갈 힘이 생겼다.

한국에 돌아와 살게 된 지역은 신도시 안과 달리 교통이 몹시 불편했다. 남편도 연우도 버스와 지하철을 갈아타며 길에서 낭비하는 시간이 너무 많았다. 한국의 중학교 과정을 건너뛴 연우에게는 시간을 아끼는 일이 무엇보다도 중요했다. 귀국한 지 일 년이 채 안 돼 우리는 신도시 안으로 이사했다. 비용이 많이 들까 봐 걱정했지만 감당할 수 있는 정도여서 용기 내기를 잘 했다는 생각이 들었다. 이사한 날부터 남편과 연우는 집 앞에서 차를 한 번만 타고 직장과 학교를 오갈 수 있게 되었다. 주변에 편의 시설이 갖춰져 있어 생활하기에도 훨씬 편해졌다.

이사한 뒤 가족이 의견을 모아 방 배치를 바꿔 보기로 했다. 큰방에 사무용 책상 두 개를 서로 마주 보게 배치하고 양쪽 벽면에는 책장을 세웠다. 그리고 창문 쪽에 쓰던 책상을 두었다. 그 밖에 다른 가구는 없었다. 우리는 남편의 호를 따 그 방에 '죽림서실'이라는 이름을 붙였다. 방문에는 이름표도 달았다. 상우는 그 방을 유난히 좋아해 학교 친구들을 집에 데려와 자랑하고는 했다. 나중에 다른 집으로 이사를 가더라도 또 그런 방을 만들자고 난리였다.

죽림서실의 한쪽 벽면에는 우리 가족이 가장 소중하게 간직해 온 보물을 걸어 놓았다. 지금까지 아이들이 받은 상장과 증서 들이었다. 우리 가족이 열심히 살아왔다는 증거물이어서 그 벽면을 바라볼 때마다 뿌듯한 기분이 들었다. 그 방에서 글을 쓰다 보면 누군가가 나를 다독이고 격려해 주는 느낌을 받았다. 그곳에서 연우와 상우는 공부를 했고, 나는 창가에 놓인 보조 책상에 앉아 소설을 썼다.

소설가가 되는 건 어릴 적부터 지녀 온 내 꿈이었다. 작가가 되고 싶었던 내게 라디오 프로그램에 보낼 사연을 쓰던 그 시절은 습작기나 다름없었다. 하지만 빚을 떠안기 전까지 나의 지상 최고 목표는 내 집을 장만하는 것이었다. 내 집을 마련하기 위해 모든 일을 뒤로 미루고 살았다. 소설을 공부하고 싶었지만 돈이 들까 봐 엄두도 내지 못했다. 그저 참고 또 참았다. 하지만 꿈을 이루는 일, 그건 내가 참지 말고 미루지 말았어야 하는 가장 중요한 일이었다. 내 삶에 책임을 다하지 못한 것 같았다. 나는 아파트를 장만한 다음 해부터 소설 창작 반에 나가기 시작했다. 처음에는 소설이 써지지 않아 수필을 썼다. 그리고 1997년 가을 〈한국 수필〉에 「빨래」라는 수필을 발표하며 등단했다. 남편과 아이들이 내가 등단한 것을 그토록 좋아할 줄은 몰랐다. 연우와 상우는 그 일을 일기에 써서 담임 교사에게 보이며 자랑스러워했다. 기뻤다. 비로소 나를 찾았다고 생각했다. 하지만 그 기쁨은 아주 잠깐이었다. 곧 IMF가 터졌고, 우리 가족에게 재앙이 닥쳤다.

미국에서 보낸 3년 동안에도 나는 쉬지 않고 수필을 써서 소설 창작 반 선생에게 부쳤다. 그러면 선생은 부족한 부분을 꼼꼼하게 수정하고 조언을 덧붙여 다시 보내 주었다. 그렇게 쓴 글을 모아 귀국하던 해에 첫 수필집을 냈다. 하지만 여전히 아쉬웠다. 뭔가 부족한 느낌이었다. 나는 스스로에게 물어보았다.

'수필만으로 만족할 수 있을까.'

아니었다. 나는 소설을 쓰고 싶었다. 당장 집안 살림에 보탬이 되기 위해 학습지 교사 일을 시작했지만 그것만으로 내 삶을 채울 수는 없다는 생각이 들었다. 또 아이들 뒷바라지만 하며 세월을 보내 버리고, 훗날에 그 노고를 알아주지 않는다며 가족들에게 하소연하고 싶지는 않았다. 나는 연우와 상우 앞에 꿈을 이룬 당당한 엄마로 서고 싶었다. 아이들 교육에 매달리는 엄마보다는 자신의 꿈을 이룬 엄마, 닮고 싶은 엄마가 되고 싶었다. 그게 내가 꿈꾸는 나의 모습이었다. 학습지 일이 늘어 바빠질수록 소설가가 되어야겠다는 생각은 더 간절해졌다. 더 이상 생활에 쫓겨 꿈을 미뤄서는 안 되겠다고 생각했다. 이번에는 그 꿈을 놓지 않고 꽉 붙잡으리라 결심했다. 나는 글쓰기에 전념하기로 했다.

상우는 자신의 뜻대로 학원에 다니지 않고 집에서 혼자 공부했다. 시험이 끝나면 틀린 문제를 모두 뽑아 기록하고 왜 틀렸는지 그 이유를 알게 될 때까지 매달렸다. 학교에서 돌아오면 그날 수업한 내용을 모조리 외웠다. 그러다 보니 특별한 공부 방법 없이도 성적은 꾸준히 상승 곡선을 그렸다.

상우가 3학년 2학기에 접어들었을 때, 나는 우연히 특목고 입시에 관한 정보를 접하게 되었다. 영어를 유창하게 구사하는 상우에게는 일반 고등학교보다 외국어고등학교가 알맞겠다는 생각이 들었다. 물론 다른 아이들은 초등학교 때부터 특목고 입시를 준비해 왔을 테니, 아무리 열심히 준비한다고 한들 그 아이들과의 경쟁에서 이길 수 있으리라고는 기대하지 않았다. 그래도 한번 경험해 보는 셈 치고 도전하기로 했다. 때마침 같은 학년인 조카가 학원에서 실시하는 전국모의고사를 본다고 해 상우도 그 시험에 응시하게 했다. 그런데 정말 생각지도 못한 결과가 나왔다. 상우가 응시자 가운데 1등을 한 것이다. 누구보다도 상우 자신이 놀라 입을 다물지 못했다. 그러자 학원에서는 명덕외고 합격을 장담하며 입시 때까지 상우를 자신들에게 맡겨 달라고 내게 청했다. 그해 명덕외고 입시 전형은 학교 성적보다 영어 성적의 비중이 더 크다는 것이었다. 여전히 마음 한구석에 불안함이 남아 있었지만 그 청을 거절할 이유도 없었다. 그때부터 상우는 외국어고등학교 시험을 치르는 날까지 두 달 정도를 학원비 없이 그 학원에 다녔다. 그리고 학원에서 장담한 대로 명덕외고 영어과에 합격했다.

합격 통보를 받고서 상우의 초등학교 3학년 담임 교사가 들려준 말을 떠올렸다. 그는 아이가 산만한 것 같아 걱정이라는 내 말에 이렇게 대답했다.

"상우가 뚝심이 있어요. 분명 언젠가는 그 값을 할 거예요."

상우가 불리한 조건을 극복하고 외국어고등학교에 진학할 수 있었던 것은 아마도 그때 교사가 말한 그 '뚝심'의 힘이 아닐까.

공부는 독하게,
시험은 즐겁게

첫 중간고사에서 전교 230등이라는 성적을 받고 독하게 공부하자 연우의 성적은 눈에 띄게 올랐다. 무섭도록 집중하더니 2학기 중간고사에서는 전교 20등 대에 진입했고, 1학년 2학기 기말고사에서 반에서 전 과목 1등이라는 놀라운 성적을 거두었다.

연우의 강점은 집중력이 뛰어나다는 것이었다. 어떤 일을 하다가도 책상에 앉으면 곧바로 공부에 몰입했다. 가족들과 떠들고 놀거나 외출하고 돌아와서도 책상 앞에만 앉으면 금세 공부에 빠져들었다. 연우는 자신에게 맞는 공부 방법을 알고 있었다. 무턱대고 시간을 들여 앉아 있기보다 먼저 공부해야 할 내용을 살펴보고 요약해 효율적으로 공부했다. 책상에서 9포인트 크기의 작은 글씨로 빼곡히 채워진 공책을 발견하고 놀란 적이 있었다. 연우의 필체였다. 언젠가 지나가는 말처럼 "수학도 기본적으로는 암기 과목이네"라고 말한 적이 있었는데 그렇게 내용을 요약해 공책에 정리하며 수학 공부를 하고 있었던 것이다. 2학년 때는 학교 선도부 활동을 하느라 등교 시간까지 앞당겼지만, 야간자율학습을 마치고 집에 돌아온 뒤에도 죽림서실에 들어가 새벽 1시까지 공부하다 잠자리에 들었다. 연우는 한 번도 그 일과를 벗어난 적이 없었다.

나는 시험을 앞둔 주말 오후에 아이를 불러내어 집에서 10분 정도 떨어진 백화점에 데려가곤 했다. 책상 앞을 떠나지 못하는 아이를 잠시라도 쉬게 해 주고 싶었기 때문이다. 연우는 "엄마가 자꾸 놀자고 해서 공부를 못 하겠다"고 투덜거리면서도 못 이기는 척 나를 따라나섰다. 그렇게 백화점을 구경하고 아이스크림을 먹고 돌아오면 1시간 남짓 걸렸는데, 백화점까지 오가며 걷는 것만으로도 연우는 기분이 상쾌해진 것 같았다.

가뜩이나 마른 연우는 식성이 까다로워 늘 신경이 쓰였는데, 시험 기간이 되면 더 잘 먹지 않아 걱정스러웠다. 고등학교 2학년, 시험을 코앞에 둔 어느 날의 일이었다. 연우를 데리러 학교에 갔다가 마침 점심시간이어서 맛있는 것이라도 사 먹이려고 음식점에 들어갔다. 그런데 연우는 "시험 기간에 한가하게 음식점에 앉아 있을 시간이 어디 있냐"며 나를 핀잔했다. 연우는 제 공부를 방해하는 걸 질색했다. 그 정도로 공부에 집중했다. 나는 그렇게 제 공부에 집중하는 아이가 대견하고 장했다. 자신의 일에 몰입하는 모습, 그 성실함을 닮고 싶었다. 그리고 소설을 쓰는 일도 공부와 마찬가지라는 것을 알게 되었다. 어떤 일이든 잘해 내고 싶다면 오직 그 하나에 매진해야 하는 것이다. 나는 연우가 공부에 집중하는 것처럼 소설 쓰기에 집중하기로 했다. 나와 두 아이는 각자의 꿈을 향해 함께 나아가고 있었다. 나란히 죽림서실 책상에 앉아 공부를 하고 있을 때 우리는 엄마와 자식이 아닌 '동지'가 되었다. 서로에게서 자극과 용기를 얻었다.

연우는 수능 전 마지막으로 치른 9월 모의고사에서 전국 두 자리 등수에 드는 성적을 받고 자신감에 차 있었다. 그런데 수능이 얼마 남지 않았을 때 갑자기 몸살이 나 결석을 하게 되었다. 잘 먹지도 못하고 무리하게 공부를 하다 보니 몸이 이겨 내지를 못했던 것이다. 연우는 몸살로 끙끙 앓으면서도 결석한 일이 입시에 불리하게 작용할까 봐 걱정을 내려놓지 못했다. 나 역시 초조하기는 마찬가지였다. 몸 상태가 좋아야 제 실력을 100퍼센트 발휘할 텐데 수능 시험을 코앞에 두고 하필 몸살이 나다니 애가 탔다. 연우는 이틀 만에 몸을 추스르고 일어났지만 몸이 완전히 나은 건 아니었다. 그래도 수능 날이 다가올 때까지 마지막 정리를 하는 데 집중했다.

드디어 수능이 하루 앞으로 다가왔다. 연우는 예비소집일에 친구들과 밥을 먹고 기분 좋게 들어와 평소보다 조금 일찍 잠자리에 들었다. 그리고 다음 날 아침, 나와 남편보다 더 담담하게 시험장으로 향했다.

"지난 9월 모의고사 때보다 성적이 안 나왔어. 뭐 표준점수를 계산해 봐야 정확히 알 수 있겠지만."

날이 저문 뒤 수능을 마치고 집에 돌아온 연우가 말했다. 제 생각만큼 시험을 잘 보지 못했다는 것이었다. 그러면서도 표정은 밝았다. 몇 년 동안 준비한 끝에 수능을 마치고 나니 시원하기만 한 모양이었다. 그 뒤 연우는 한동안 친구들과 몰려다니며 헤어스타일도 바꾸고 영화도 보러 다녔다. 그러고는 집에 오면 수능 최상위권 학생들이 운영하는 인터넷 사이트에 접속해 채팅을 하며 시간을 보냈다. 그러는 사이 수능 성적표가 나왔다. 전체 1등급이었다. 산업공학과를 지망하는 연우는 서울대학교 공학계열에 지원했다. 그리고 정시의 심층 면접에 대비해 수학과 생물Ⅱ를 틈틈이 공부해 나갔다.

2004년 1월 13일, 눈이 많이 내린 그날은 연우의 서울대학교 심층 면접시험이 있던 날이었다. 내가 2주마다 한 번씩 나가 공부하던 소설 학당의 수업 날이기도 했다. 나는 한 달에 두 번뿐인 그 수업이 부족하게 느껴져 아쉬웠다. 그래서 면접시험장에 갈 것인지, 소설 학당에 공부하러 갈 것인지 고민한 끝에 연우에게 슬며시 물었다.

"연우야, 엄마가 같이 가면 네가 시험 보는 데 도움이 될 것 같아?"

그러자 연우는 조금도 망설이지 않고 대답했다.

"아니, 별로. 나는 친구랑 같이 가면 돼."

"그래? 그럼 엄마가 없어도 되겠구나."

연우는 친구와 서울대학교에 심층 면접시험을 보러 갔고 나는 소설 학당에 나갔다. 공부를 하면서도 틈틈이 시험장에 있을 연우를 생각했다. "괜찮다"는 연우의 말만 믿고 소설 수업을 들으러 왔지만 중요한 순간에 힘이 되어 주지 못한 것 같아 미안한 마음이 들었다. 면접을 무사히 치렀을지 궁금하기도 했다. 수업이 끝난 뒤 뒤풀이 모임을 마다하고 돌아왔을 때, 연우는 친구들과 어울려 노느라 집에 돌아와 있지 않았다. 빈 집에 들어서자 조금 마음이 놓였다. 친구를 만날 여유가 있다는 건 시험을 그런대로 잘 봤다는 뜻일 테니까.

그날 밤, 나는 집에 돌아온 연우의 표정을 살피며 물었다.

"어땠어? 어렵지는 않았어?"

"아, 너무 어려워서 제대로 푼 게 없어. 문제가 생각했던 것만큼 심층적이지는 않았는데, 이상하게 풀리지가 않더라고."

하지만 그렇게 대답을 하면서도 연우의 표정은 어둡지 않았다.

"문제는 어떻게 풀었는데? 칠판에 직접 풀게 했어?"

"아니. 문제지를 받아서 10분 정도 먼저 푼 다음에 면접관 앞에 나갔어. 그 앞에서 문제를 풀면서 면접관이 문제 푸는 방법을 물으면 대답하는 식이었어. 근데 나 면접관들한테 잘했다는 말을 별로 못 들었어."

그 말을 듣자 가슴이 덜컥 내려앉았다.

"그래도 끝까지 대답은 했지?

"응, 당연하지."

"됐어. 그럼 합격할 수 있을 거야."

아이를 안심시키려 그렇게 말하긴 했지만 불안했다. 소설 공부를 하겠다고 연우를 혼자 시험장에 보낸 것이 마음에 걸렸다. 내 정성이 부족해서 시험을 잘 못 본 건 아닐까 하는 후회도 들었다. 내 마음을 읽었는지 연우는 담담한 얼굴로 나를 위로했다.

"엄마, 걱정하지 마. 결과는 발표가 나 봐야 알지."

그리고 2월 초, 연우는 서울대학교로부터 합격했다는 연락을 받았다. 뿐만 아니라 이공계 장학생으로 4년 동안 국가 장학금도 받게 되었다.

나는 10년이 지난 지금도 합격 소식을 전해 듣던 그날의 날씨를 기억하고 있다. 그날, 마치 내 삶의 한 시기를 마감하고 새로운 장을 여는 듯한 기분을 느꼈다. 그건 상우가 명덕외고에 합격한 뒤로 우리 가족에게 찾아온 두 번째 경사였다. 상우의 외고 합격 소식은 근심 많던 우리 집안에도 희망이 있다는 걸 깨닫게 해 준 첫 번째 신호탄이었다. 우리에게도 아직 꿈이 남아 있다는 걸 확인시켜 준 사건이었다. 그리고 연우의 서울대학교 합격 소식은 꿈을 놓지 않고 공부에 매진했을 때 우리가 어디까지 날아오를 수 있는지를 분명히 보여 주었다. 더욱 놀라운 것은 연우가 서울대학교에 합격한 2004년에 나 역시 그토록 바라던 소설가로 등단했다는 사실이었다. 꿈을 향해 함께 달려온 덕분이었다. 하지만 나도 연우도 거기서 만족하고 멈출 생각은 없었다. 등단도 서울대학교 합격도 꿈의 끝이 아니라 출발선에 불과했으니까.

상우는 명덕외고에 합격한 뒤 그 기쁨을 충분히 누리지도 못한 채 계속 공부를 해야 했다. 입학하기 전까지 세 번이나 학력고사를 치러야 했기 때문이다. 시험을 치는 사이 긴 겨울방학은 다 지나가 버렸고 입학한 뒤에는 더욱 빡빡한 학교생활이 기다리고 있었다.

상우는 고등학교에 진학한 뒤에도 언어 영역에서 원하는 만큼 점수를 얻지 못했다. 상우는 제 누나와 달리 독서보다는 만화나 게임을 더 좋아했는데, 두 아이의 언어 영역 점수 차이가 독서량의 차이에서 비롯되었으리라는 생각이 들었다. 한국에 돌아왔을 때 남편은 곧바로 이문열의 『삼국지』 전집을 사들여 두 아이와 함께 읽기 시작했다. 아이들에게는 매일 신문도 읽게 했다. 연우는 그 일을 계기로 신문 읽는 습관이 몸에 배었는데 상우는 그렇지 못해 내내 학교에서 내 주는 논술 과제를 풀기에만 급급했다. 결국 상우는 만족스러운 성적을 얻지 못하고 1학년을 마쳤다. 외고에 합격한 뒤로 긴장이 느슨해진 게 큰 원인이었다.

그때 날아온 누나의 서울대학교 합격 소식은 상우에게도 큰 자극이되었다. 2학년이 되자 상우의 태도는 몰라보게 달라졌다. 1학년 때 미리 내신 성적을 올리지 못한 걸 후회하며, 자신의 약점을 찾아 수능에 대비하기 시작했다. 당시 상우의 책상에는 이런 문구들이 붙어 있었다.

- 매일 언어 지문 세 개씩 풀기. 꾸준히
- 비문학 영역 공부한 내용 복습하며 개념 익히기. 반드시
- 친구들 답지와 내 답지 비교해 틀린 이유 찾기. 꼼꼼히

상우는 문제를 풀 때 그 바탕에 깔린 개념을 모두 찾아 적어 나가는 습관을 들였다. 특히 취약한 과목인 언어 영역을 끌어올리기 위해 애를 썼다. 인터넷 강의를 듣고 문제집을 풀며 문학 작품들을 익혔고, 비문학은 단락별 핵심 키워드를 찾아내고 간단한 문장으로 요약했다. 하지만 아무리 열심히 공부해도 1학년 내신 성적을 만회하지는 못했고, 마침 그해 서울대학교 전형 방법이 내신 성적을 높게 반영하는 쪽으로 바뀌는 바람에 특목고 아이들에게 불리했다. 결국 상우는 내신 성적에 발목이 잡혀 원하던 서울대학교 입학을 포기할 수밖에 없었고, 재수를 하지 않는다는 우리 가족의 원칙에 따라 연세대학교 인문계열에 지원했다. 재수를 권하는 사람들도 있었지만 우리는 원칙을 지키기로 했다. 대학 입학이 꿈의 끝이 아니기 때문이었다. 우리는 재수하는 데 들이는 비용과 시간을 아껴 더 큰 목표를 이루는 데 쓰는 것이 효율적이라고 생각했다. 비록 서울대학교 입학이라는 목표를 이루지는 못했지만, 상우는 만족할 만한 성적을 받기 위해 열심히 공부했다. 누구의 도움도 없이 스스로 이뤄낸 성과였다. 나는 미국과 한국을 오가며 혼란스러운 학창 시절을 보내면서도 국내 최고의 명문 사립대에 합격한 상우가 대견하고 자랑스러웠다.

대학에 입학한 뒤 연우는 노래 동아리에 가입해 활발하게 활동했다. 동기들과 함께 결성한 록밴드에서는 드럼을 연주했다. 미국에서 드럼 연주를 배웠는데, 한국에 돌아온 뒤로는 입시 준비에 바빠 연주할 시간이 없었던 것이다. 연우는 중학생 과외 아르바이트를 해 용돈을 벌었고, 제가 번 돈으로 실용음악 학원에서 드럼 연습을 했다. 연우는 드럼을 연주하는 데 그치지 않고 직접 악보도 만들었다. 나는 그런 연우의 부지런함을 계속 칭찬해 주었다. "그건 너만이 할 수 있는 일이야"라고 한껏 치켜세워 주었다. 아무리 작은 일이라도 한 가지씩 해낼 때마다 칭찬해 주고 더 잘할 수 있다고 기운을 북돋아 주었다. 아이들은 자신감과 의욕을 얻어 더 열심히 노력했고 놀라운 성과를 거두었다.

연우의 노래 동아리 공연이 열리던 날, 나는 고2였던 상우와 남편과 함께 공연장에 갔다. 연우는 다 큰 자식의 동아리 공연까지 보러 오는 부모가 어디 있느냐고 핀잔을 주었지만, 정작 공연장에서 우리들을 만나자 무척 반가워했다. 그리고 더욱 신 나게 노래를 불렀다.

'그 조그맣던 아이가 언제 저렇게 자랐나.'

노래하는 연우의 모습을 보고 있자니 제가 작곡한 곡으로 발표회를 했던 어릴 때 모습이 떠올라 가슴이 뭉클했다.

두 번째
압류

상우가 대학에 입학하던 해에 나는 학교에 다니는 두 아이만 서울에 두고 남편의 근무지인 대전에 내려가 지내고 있었다. 어느 날 밤, 연우에게서 전화가 걸려 왔다. 연우의 목소리는 화를 참지 못해 덜덜 떨리고 있었다.

"엄마, 우리 집 여기저기에 빨간 딱지가 붙어 있어."

"무슨 소리야?"

"내 노트북에도 빨간 딱지가 붙어 있다고!"

과외 아르바이트를 마치고 들어와 보니 제 노트북에 붙은 빨간 딱지가 보였고, 깜짝 놀라 집 안을 둘러보니 텔레비전이며 전자레인지 등에 모두 빨간 딱지들이 붙어 있더라는 것이었다. 빨간 딱지라니……. 당장 먹고사는 데 지장이 있는 물건들을 제외하고는 집안 살림 전체에 그 딱지가 붙어 있을 터였다. 아이들이 집을 비운 낮 동안에 벌어진 일이었다.

하지만 연우의 노트북은 남편의 채무와는 아무 상관도 없는 물건이었다. 연우가 과외 아르바이트를 해서 번 돈으로 산 것이었다. 애지중지하며 아껴 쓰던 노트북에 빨간 딱지가 붙어 있었으니 얼마나 끔찍했을까.

두 번째 유체동산 압류였다. 잊고 싶은 그 일을 또다시 겪게 된 것이었다.

그 일이 벌어진 뒤 어느 일요일 저녁이었다. 그날도 남편과 나는 빚 문제로 이야기를 하다가 크게 다투고 말았다. 우리 가족을 이 지경으로 몰아넣은 그들에게 주체할 수 없을 만큼 화가 치밀어 나는 마구 악을 썼다. 아이들도 이번 일만큼은 참기가 어려웠던지 전에 없이 거칠게 행동했다. 상우가 남편에게 대들며 제 안경을 벗어 방바닥에 내팽개쳤다.

나 역시 남편에게 화가 났지만 아들의 그런 모습을 보자 걱정이 앞섰다. 귀국하기 전 아파트 주변을 산책하며 나누었던 대화가 떠올랐다. 나는 상우를 밖으로 불러 조용히 타일렀다.

"상우야, 엄마도 견디기가 너무 힘들어 아빠를 몰아세우고 있지만 그러는 엄마 마음은 미어지는 것 같아. 그러니 혹시 엄마 생각해 준다고 아빠한테 그렇게 대들거나 폭력을 쓰면 안 된다."

그러자 상우가 말했다.

"엄마 편을 드는 게 아니라 아빠가 너무 답답해서 그래."

"그래도 너희 아버지야. 다시 그런 불손한 태도를 보이면 엄마가 절대로 용서하지 않을 거야. 알겠니?"

"알았어요, 엄마."

집에 들어와 보니 남편은 술을 마시고 있었다. 그리고 얼마 뒤 잔뜩 취해 비틀거리다가 쓰러졌고, 공교롭게도 식탁 모서리에 부딪혀 피를 흘리기 시작했다. 계속되는 부모의 싸움에 지쳐 각자 제 방에 틀어박혀 있던 아이들이 깜짝 놀라 거실로 뛰어나왔다. 집 안에는 한바탕 난리법석이 벌어졌다.

그때였다. 상우가 남편의 휴대폰을 홱 잡아채더니 누군가에게 전화를 걸어 고래고래 고함을 질렀다.

"이게 다 당신들 때문이야. 당신들이 우리 아버지를 이렇게 비참하게 만들어 놨어. 와서 이 모습을 봐. 당장 와서 우리 아버지 되돌려 놓으란 말이야!"

우리에게 빚을 덮어씌운 시동생에게 건 전화였다.

그다음 날 잠에서 깨어 보니 탁자 위에 편지 봉투 세 개가 나란히 놓여 있었다. 나와 남편, 그리고 제 누나 앞으로 써 놓은 상우의 편지였다. 그 난리법석이 벌어진 뒤, 상우는 밤늦게까지 내 손을 꼭 잡고 곁을 지키며 위로했다.

"엄마, 아빠를 이해하세요."

상우는 잠을 이루지 못하고 밤새도록 가족들 앞으로 편지를 쓰고 있었던 것이다. 나는 내 앞으로 쓴 아들의 편지를 읽기 시작했다.

사랑하는 엄마께

엄마, 어젯밤에는 잘 주무셨나요? 어제저녁에 벌어진 좋지 않은 일로 마음이 많이 상하셨을 거라고 생각됩니다. 이렇게 편지로 엄마에게 이야기를 전하는 게 얼마 만인지 모르겠어요. 처음이라는 생각마저 드네요.

아빠가 저에게 취중에 하신 "미안하다"라는 말씀을 듣고 억누르고 있던 눈물이 흘렀어요. 눈물을 흘리며 여러 가지 생각을 하게 됐어요. 엄마와 저는 평소에 대화를 잘 하고 어제 일이 벌어진 뒤에도 이야기를 많이 나눴지만 이렇게 글로 제 생각을 전하는 것과는 무엇인가 차이가 있지 않을까 하는 생각이 듭니다. 저는 우선 엄마께 감사하다는 말을 하고 싶어요. 엄마, 정말 감사합니다. 저를 낳아 주셔서, 그리고 저를 엄마의 아들로 태어나게 해 주셔서. 엄마께 지금까지 많은 말을 했지만 정작 이 말을 해 드린 적이 없네요.

저는 매일 잠들기 전에 생각을 많이 합니다. 내가 다른 가정에서 태어났으면 어땠을지, 내가 여자로 태어났으면 어땠을지, 하는 이런저런 생각들을요. 하지만 마지막에는 항상 똑같은 생각을 하게 됩니다. 나는 지금 행복한 삶을 살고 있고 멋진 가족을 두었다고요. 우리 집안이 그런 힘든 일을 당했는데도 엄마는 웃음을 잃지 않으시고, 기념일마다 즐겁게 보내려고 노력하시고, 그리고 누나와 저를 소위 일류 대학이라 불리는 곳까지 보내셨죠. 이런 훌륭한 엄마를 두어 저는 너무나 행복합니다.

그러니 엄마, 힘을 잃지 마세요. 긍정적인 삶의 자세도, 어떤 희망도 잃지 마세요. 어제저녁 활력을 잃고 눈물을 흘리고 계신 엄마의 모습을 저는 정말 기억하고 싶지 않습니다. 그리고 다시 보고 싶지도 않습니다. 논리적이면서도 모든 것을 포용하는 자세를 보여 주는 엄마이지만, 저는 엄마가 늘 상처를 입고 있다는 걸 잘 알고 있어요. 그럴 때에도 엄마와 가장 많이 닮은 아들이 항상 엄마 옆에 있다는 걸 잊지 마세요. 힘을 내세요.

저도 엄마께 아쉬운 모습을 보이지 않는 아들이 될게요. 엄마 아빠가 같은 말씀을 하시는 걸 보면 제가 요즘 긴장이 많이 풀어진 게 분명한 것 같습니다. 엄마의 대화 상대가 되면서도 엄마를 종종 서운하게 하는 걸 보면 저도 철이 제대로 들려면 멀었나 봅니다. 하지만 저는 엄마의 멋진 아들이 될 겁니다. 그러기 위해 끊임없이 노력할게요. 한 단계 한 단계 차근차근히 앞으로 나아가는 모습을 보여 드릴게요.

아빠께 쓰려던 편지였는데 쓰다 보니 가족 모두에게 쓰게 되었네요. 훌륭한 아들이 되도록 열심히 노력하겠습니다. 엄마도 저와 같이 계속 앞으로 나아갔으면 합니다. 같이 힘내요. 엄마, 사랑합니다.

2007년 3월, 상우 올림

지금도 상우의 그 편지를 생각하면 가슴이 뭉클하다. 비록 문장은 거칠었지만, 그 속에는 말로 다하지 못한 아들의 진심이 담겨 있었다. 그날, 나는 상우의 편지를 읽으며 오래 울었다. 가족들의 얼굴을 하나하나 떠올리며 밤을 새워 그 편지를 쓰고 있었을 아이의 모습을 생각했다. 상우는 가족 모두를 향해 서로를 아끼고 이해하자고 당부하고 있었다. 가족이 다시 화목해지기를 얼마나 간절히 바랐을까, 그 편지를 쓰면서 얼마나 마음이 아팠을까. 아이들은 늘 이렇게 우리를 감동시키는데 부모인 우리는 그 아이들에게 걱정이나 안겨 주다니. 나는 며칠 동안 상우의 편지를 거듭 읽으며 내 잘못을 뉘우쳤다. 그리고 아이들 앞에서 다시는 그런 부끄러운 모습을 보이지 말자는 약속을 하며 남편과 화해했다.

이제 정말 집안 분위기를 추슬러야 할 때였다. 우리 가족의 삶이 여기서 무너질 만큼 보잘것없는 것이었던가. 이대로 빚에 무너질 수는 없다는 생각이 들었다. 우리를 가로막고 있는 빚이라는 큰 산을 어떻게든 넘어야 했다. 남편과 나는 아이들을 불러 모았다.

"연우야, 상우야, 아빠 잘못으로 그런 일을 또 겪게 해 정말 미안하다."

남편이 아이들을 향해 말했다.

연우와 상우는 긴장한 얼굴로 남편을 바라보았다.

"아빠는 왜 그 사람들한테 당하기만 하고 화도 한 번 못 내는 거예요? 야단이라도 칠 수 있잖아요. 아빠가 가만 있으니까 그 사람들이 뭘 잘못했는지 모르는 거잖아요. 그런데도 아빠는 엄마가 하는 말이 뭐가 잘못됐다고 엄마 말에는 그렇게 화를 내세요? 나는 아빠가 엄마 입장을 헤아리고 존중해 줬으면 좋겠어요."

연우가 남편에게 조목조목 따지고 들었다.

"아빠도 엄마한테 늘 미안하게 생각하고 있어. 그러면서도 순간적으로 감정을 조절하지 못했다."

평소의 남편 같았으면 벌컥 화를 냈겠지만 이번만큼은 달랐다.

"이제부터 아빠는 지금까지의 모습을 버리고 새롭게 살아 볼 거야. 그동안 빚 때문에 위축되었던 게 사실이다. 너희들도 앞으로는 빚에 주눅들지 말고 반드시 목표를 이루겠다는 각오로 다시 노력해 주면 좋겠구나."

아이들이 뜻밖이라는 표정으로 남편을 바라보았다. 시큰둥하던 모습은 어느새 사라지고 없었다.

"얘들아, 우리가 이렇게 혼란스러운 상태로 지내서는 안 되겠다는 생각이 든다. 너희들이 얼마나 힘들었을지 엄마도 잘 알아. 하지만 너희도 견디고 일어서야 해. 우리 이 자리에서 각자의 목표를 말해서 흐트러진 자세를 바로잡아 보자."

목표가 뚜렷하지 않으면 생활은 흐트러질 수밖에 없다. 아이들도 그 점을 잘 알고 있었다. 꾸준히 노력해야만 목표를 이룰 수 있다는 것, 노력하지 않고서 성취할 수 있는 일은 아무것도 없다는 것을.

우리 가족은 각자 자신의 계획을 이야기하기 시작했다. 상우가 가장 먼저 입을 열었다.

"내 목표는 아빠처럼 행정고시에 합격하는 거야. 3년 안에 행정고시에 합격하는 게 목표야. 그리고 나서 입대하려고 해. 다른 길은 생각조차 안해 봤어. 꼭 합격할 거야."

상우는 행정고시를 딱 세 번만 보겠다고 스스로 한계를 정했다.

"내 목표는 인간공학 교수가 되는 거야. 그리고 반드시 삼성장학회의 장학생이 돼서 미국으로 유학을 갈 거야."

연우가 한결같은 자신의 꿈을 이야기했다. 빚을 짊어진 부모에게 유학 비용을 기대할 수 없다는 걸 연우는 누구보다 잘 알고 있었다.

"유학은 언제 가는 게 좋겠니?"

내가 물었다.

"대학원에서 석사 과정까지 마친 뒤에 미국으로 건너가서 박사 학위를 받을 생각이야."

"굳이 여기서 석사 과정을 마치려는 이유라도 있어?"

"대학원에서 공부하는 동안 교수님이나 선배 들과 관계를 탄탄하게 다지고 싶거든. 그래야 유학을 마치고 교수가 되어 돌아왔을 때 어려움 없이 적응할 수 있을 것 같아."

연우가 그동안 제 앞날에 대해 얼마나 깊이 고민했는지 느낄 수 있었다. 당장 눈앞의 공부에만 매달리는 게 아니라 먼 훗날까지도 염두에 둔 계획이었다. 나는 연우의 치밀함에 놀라지 않을 수 없었다. 입학한 뒤 한 번도 이공계 장학금을 놓친 적이 없을 만큼 열심히 공부해 온 아이였다.

두 아이는 확고한 목표를 세우고 그 목표를 향해 달려가고 있었다. 목표를 향한 강한 의지와 패기가 내게도 전해졌다. 나도 그 기운을 받아 내 계획을 말했다.

"엄마는 열심히 소설을 써서 유명 출판사에서 책을 낼게."

이름을 얻지 못한 작가가 유명 출판사에서 책을 낸다는 건 거의 불가능한 일이었다. 하지만 아이들과 목표를 이야기하는 동안 새로운 희망이 생겼다. 마지막으로 우리의 말을 듣고 있던 남편이 입을 열었다.

"아빠는 채무조정 상담을 시작할 생각이다. 그동안 빚 문제를 덮어 둔 채로 지내 왔는데, 시도해 보기로 결심했어."

빚을 덮어쓴 뒤로 처음 듣는 말이었다. 남편과 나는 장서처럼 쌓여 있는 독촉장을 하나씩 펼쳐 보며 빚 문제를 해결해 나가기 시작했다.

우리는 어디까지
달릴 수 있을까

우리 가족은 2007년부터 매달 마라톤 대회에 참가해 함께 달리기 시작했다. 처음 마라톤을 시작하게 된 것은 남편과 나의 불화 때문이었다. 두 번째 압류를 당한 뒤로 남편과 나의 사이는 심각할 정도로 나빠져 있었다. 2007년은 상우가 휴학을 하고 본격적으로 행정고시 공부를 시작하던 해였다. 그런데 부모인 우리는 고시 공부를 하는 자식을 보살피기는커녕 오히려 불화해 공부를 방해하고 있었다. 상우가 느낄 불안을 걱정하지 않을 수 없었다.

'어떻게 하면 우리 가족이 다시 화목해질 수 있을까.'

나는 생각한 끝에 온 가족이 함께 마라톤에 도전해 보기로 했다. 고맙게도 아이들은 선뜻 내 제안을 받아들였다.

"한 달에 한 번씩 마라톤 대회에 참가해 우리가 살아 있다는 걸 온몸으로 느껴 보자."

가족 마라톤은 그렇게 시작되었다. 2007년 4월 초 우리 가족은 LIG 마라톤 대회에 참가했다. 나와 아이들은 10킬로미터 코스에 참가하기로 하고, 마라톤 대회에 참가한 경험이 있는 남편은 하프코스에 참가하기로 했다.

나와 아이들이 출발하기 전에 단단히 한 약속이 있었다. 처음부터 끝까지 달리는 자세를 유지하자는 것이었다. 아무리 힘들어도 피니시라인을 밟는 순간까지 걷지 말자고 약속했다. 우리는 그렇게 다짐하고 10킬로미터 코스를 달리기 시작했다. 우리 셋은 누구도 먼저 앞서 나가지 않고 페이스를 맞춰 달렸다. 상우가 달리는 동안 줄곧 우리의 페이스를 일정하게 유지시키는 역할을 했다.

가족 모두가 함께 달리는 마라톤은 두 아이와 소통하는 나만의 방식이자 살아 있는 교육법이다. 아이들과 경주로를 달리다 보면 말을 하지 않아도 서로의 호흡으로 서로의 마음을 느낄 수 있었다. 출발점을 통과하고 나면 아무리 힘들어도 달려 나가야 한다. 참기 어려울 만큼 고통스러운 순간이 찾아오기도 하지만 그 고비를 넘고 나면 또다시 달려 나갈 힘을 얻게 된다. 그 끝에 목표 지점인 피니시라인이 있기 때문이다.

'앞으로 아무리 어려운 일이 생기더라도 이겨 내자. 이 마라톤처럼.'

나는 마음속으로 아이들에게 이 말을 건넸다. 아이들과 눈이 마주쳤다. 우리는 땀을 뻘뻘 흘리면서도 서로를 향해 싱긋 웃어 보였다. 누가 먼저 피니시라인에 도달하게 될까. 물론 그건 말하지 않아도 빤한 일이었다. 아이들은 내가 저희들과 같은 페이스로 달릴 수 없다는 걸 잘 알면서도 거기까지 나를 이끌어 준 것이었다. 아이들이 나를 한 번 바라보더니 속도를 올려 앞서 나가기 시작했다. 나는 아이들의 힘찬 뒷모습을 바라보는 것만으로도 가슴이 벅찼다.

처음 10킬로미터 코스에 참가한 뒤로 꾸준히 마라톤을 했지만 하프코스에 도전할 엄두는 내지 못했다. 내가 하프코스에 나가겠다고 하자 가족들은 공연히 의욕만 앞세우다 큰일을 당할지도 모른다고 말렸다. 내 체력으로 그 거리를 달리는 건 무리라는 생각에서였다. 하지만 나는 마음을 굳게 먹고 11월에 열리는 손기정 마라톤 대회의 하프코스에 참가 신청을 했다. 얼마나 달릴 수 있는지 스스로를 시험해 보고 싶었고, 아이들에게는 끊임없이 도전하는 엄마의 모습을 보여 주고 싶었다. 목표 기록은 2시간 30분이었다. 대회를 앞두고 달리기 연습과 식단 조절을 병행하며 체력을 키우는 데 집중했다. 20킬로미터가 넘는 장거리를 달리기 위해서는 무엇보다 식사량을 늘려야 했는데 내게는 가장 부담스러운 일이었다. 10년 넘게 빚에 시달리며 살다 보니 위 건강이 좋지 않았기 때문이다.

대회에 참가하기 전 나는 연습 삼아 하프코스의 절반 이상을 달려 보기로 했다. 체력을 점검하는 기회로 삼을 겸 대회에 대한 부담을 덜어 자신감을 얻고 싶어서였다. 대회 6일 전, 저녁에 생수 한 병과 MP3 플레이어를 들고 혼자 산책로에 나갔다. 기온이 갑자기 영하로 떨어진 데다 바람까지 세차게 불었다. 산책로의 왕복 거리는 대략 1.2킬로미터 정도였다. 나는 그 코스를 열 번 반복해서 달렸다. 달리는 사이 날이 저물어 아파트 건물들 사이로 저녁놀이 졌다. 해가 완전히 사라지고 하늘이 검붉게 물들 때쯤 나는 집으로 돌아왔다.

마침내 대회 날이 다가왔다. 그날 기온은 영하 2도까지 떨어졌고 바람이 심하게 불었다. 15킬로미터까지는 그런 대로 기운이 남아 있어 달리는 자세를 유지할 수 있었지만 그다음부터는 버티기가 힘들었다. 지친 다리를 질질 끌며 19킬로미터 지점을 지나는데 갑자기 가슴이 두근거리기 시작했다. 이런 부끄러운 모습으로 피니시라인을 통과할 수는 없다는 생각이 들었다. 나는 잠시 멈춰 스트레칭을 한 다음 다시 자세를 가다듬고 달렸다. 그리고 내게 남아 있는 체력을 다 끌어내 피니시라인을 통과했다. 나도 모르게 전광판으로 눈길이 갔다. 2시간 47분! 목표했던 2시간 30분에서 17분이나 늦은 기록이었다. 하지만 나는 가족의 걱정을 떨치고 그 먼 거리, 21.0975킬로미터 하프코스를 완주했다.

완주 기념 메달에는 젊은 손기정의 모습이 새겨져 있었다. 올림픽에서 탈진한 모습으로 피니시라인을 통과하는 사진이었다. 메달을 목에 걸고 나 자신에게 말했다. '할 수 있다. 나는 달라질 수 있다'고……

마라톤 풀코스에는 '마의 벽'이라고 불리는 지점이 있다. 그 지점에 이르면 갑자기 벽에 부딪힌 듯 참기 힘든 고통이 몰려오고, 근육이 마비되어 한 발짝도 더 나아갈 수 없을 것처럼 느껴진다고 한다. 하지만 거기서 주저앉지 않고 그 고비를 넘어선다면 42.195킬로미터에 이르는 풀코스의 피니시라인에 도달할 수 있다. 포기하지 말고 넘어서야만 꿈을 이룰 수 있게 되는 것이다.

함께 달리며 서로의 등을 두드려 주는 사이 우리 가족은 자연스럽게 관계를 회복할 수 있었다. 치열한 노력이 한계를 뛰어넘어 새로운 목표 지점까지 우리를 이끌어 준다는 것도 깨달았다.

'운명'이라는 무거운 짐을 떨쳐 버리는 길은

오직 하나뿐이었다.

연우와 상우에게 있어 그건 공부였고,

내게는 글을 쓰는 일이었다.

_나의 꿈, 나의 소설 中

PART 4

우리는
공부하는
가족입니다

삼성장학생,
그리고 MIT

연우가 대학 4학년이 되던 2007년 이른 봄, 우리는 서울대학교 교정에 사과나무 한 그루를 심었다. 연우에게 4학년은 단순한 졸업 학년이 아니었다. 평생 연구할 분야를 정한 뜻깊은 해였다. 인간공학 연구실에서 연구를 시작한 연우는 3학년 겨울방학부터 쉴 틈 없이 공부에 몰두하고 있었다. 나는 그런 연우에게 기념이 될 만한 선물을 해 주고 싶었다. 무엇을 해 주면 좋을까 고민하다가 아이와 잘 어울리는 사과 꽃이 떠올라 사과나무를 심기로 했다.

묘목을 사기 전 학교에 들어가 나무를 심을 만한 자리가 있는지 찾아보고, 일요일 오전에 나무를 심기로 했다. 그리고 전날 저녁 학교 정문 아래에 있는 화원에서 사과나무 묘목 한 그루를 샀다. 일요일 아침, 우리는 차에 묘목을 싣고 학교로 들어가 연우의 연구동 앞 잔디에 구덩이를 파고 묘목을 심었다. 그렇게 우리만의 '식목 행사'를 무사히 마쳤다.

"나무 심은 날짜랑 이름을 적어서 표지를 달까?"

"학교에서 자기들이 심은 나무가 아니라고 뽑아 버리면 어쩌지?"

애써 심은 나무가 뽑히는 사태를 막기 위해 그건 그만두기로 했다. 그 대신 이름표를 나무뿌리 옆 땅속에 묻었다. 작지만 꼿꼿하게 서 있는 사과나무를 보자 내 마음도 새로 심은 나무처럼 싱싱해지는 것 같았다. 나는 마음속으로 연우가 유학을 마치고 돌아와 창가에서 사과나무를 내려다볼 수 있는 날이 오기를 기원했다. 연우가 돌아올 때쯤 사과 꽃이 활짝 피면 좋겠다는 생각을 했다. 우리는 땅에 물을 주고 조금 떨어져서 나무를 지켜보다가 학교를 나왔다.

연우의 사과나무 잎은 계절의 흐름을 따라 물들더니 졌다. 가지 위에

소복하게 눈이 쌓인 어느 날, 연우는 과 수석으로 대학을 졸업하게 되었다는 소식을 알렸다. 그 놀라운 소식에 나는 다친 허리의 통증조차 잊어버릴 만큼 감격했다. 그동안 방학도 잊고 공부하느라 얼마나 힘이 들었을까, 쉬고 싶고 놀고 싶은 순간이 얼마나 많았을까.

기쁨과 함께 아이를 향한 안쓰러움이 밀려들었다. 연우는 자신의 전공 분야에 적응하기 위해 병이 날 만큼 무리해서 수업을 듣곤 했다. 공부하기가 너무 힘들다며 가끔 내게 호소하기도 했지만, 그러면서도 그 힘든 과정을 차근차근 이겨 내고 있었다. 그리고 스트레스가 쌓일 때면 인터넷 쇼핑을 하며 답답한 마음을 달랬다. 가끔씩 집으로 날아드는 몇 천 원 안팎의 그만그만한 택배 상자들을 보며 나는 연우의 공부 스트레스가 저만큼 풀렸겠구나, 짐작하고 안심하곤 했다. 그 정도로 기분 전환이 된다면 그깟 택배 상자쯤이야 얼마든지 날아와도 반가울 것 같았다. 그렇게 누구보다 치열한 4년을 보내고 마침내 '과 수석 졸업'이라는 달콤한 보상을 얻게 된 것이다.

나는 연우의 졸업식에 양가 어머니들을 초대하기로 했다. 손녀가 서울대학교를 과 수석으로 졸업하는 모습을 두 분에게 보여 드리고 싶었다. 남편은 몸이 불편한 두 어머니를 모시러 양쪽 집을 오가며 바삐 움직였다. 졸업식 날에는 쌓였던 눈이 얼어붙은 탓에 평소보다 교통 체증이 심했다. 하지만 남편은 손녀의 졸업식을 보고 싶어 하실 어머니들을 위해, 또 연우를 위해 기꺼이 수고를 했다.

연우가 대학원 공부에 몰두하는 사이 시간은 또다시 훌쩍 지나갔다. 2009년 10월 20일, 연우가 석사 과정의 마지막 학기를 보내고 있을 때였다. 그때 나는 남편의 근무지인 부산에 내려가 지내고 있었다. 집 근처 손칼국수집에서 점심을 먹으려고 아파트 단지를 막 나서려던 순간 갑자기 휴대폰 벨이 요란하게 울렸다. 연우였다. 보통은 전화 대신 문자메시지를 보내곤 했는데 무슨 급한 일이라도 생긴 건 아닌가 싶어 얼른 전화를 받았다. 전화기 저편에서 연우의 흥분한 목소리가 들려 왔다.

"엄마, 발표 났어! 나 합격이야!"

연우가 간절히 꿈꾸었던 삼성장학생으로 선발된 것이었다. 어쩌나 큰

소리로 외쳐 대는지 연우의 목소리가 휴대폰을 뚫고 나올 것만 같았다. 귓속이 왕왕 울렸다. 합격, 합격이라니……. 삼성장학회는 연우에게 해마다 5만 달러씩 4년간 지원할 것을 약속했다. 그건 곧 연우가 미국 유학을 떠날 수 있게 되었다는 뜻이었다.

뭐라고 말로 표현할 수 없을 만큼 감격스러웠다. 서울과 부산으로 멀리 떨어져 있어 연우를 부둥켜안고 축하해 주지 못하는 것이 너무나 아쉬웠다. 그동안 수고했다는 말로 그 아쉬움을 달랠 수밖에 없었다. 전화를 끊자마자 휴대폰 메시지로 사진이 도착했다. 삼성장학회로부터 받은 합격 통지서였다. 나는 통지서에 적힌 글자를 하나하나 따라 읽었다.

2009년 삼성장학회 최종 합격자 발표.
장학생 합격을 축하드립니다.
귀하는 2009년 삼성장학생으로 선발되었습니다.

다른 글자는 모두 검은색인데 장학생이라는 글자만은 파란색이어서 눈에 띄었다. 통지서를 들여다보고 있자니 유학을 꿈꾸며 장학회에 지원할 서류를 하나하나 준비하던 연우의 모습이 떠올랐다. 연우는 어릴 적부터 잠시도 제 할 일에 소홀한 적이 없었다. 대학원에서 주어진 프로젝트를 수행하느라 밤을 새고, 실험에 필요한 설문 조사를 하느라 밤낮으로 뛰어다녀 녹초가 되어서도 꿋꿋하게 버텨 냈다. 대견한 아이였다. 해외 유명 학술지에 논문이 실려 뛸 듯이 기뻐하던 모습이 눈앞에 생생했다.

나는 남편에게 전화를 걸어 기쁜 소식을 알리고 서로 수고했다는 말을 주고받았다. 전화를 끊고 나니 무엇을 해야 할지 알 수가 없었다. 나는 그 자리에 선 채로 주위를 둘러보았다. 그날따라 날씨도 유난히 화창했다. 이 세상 모두에게 내 기쁨을 알리고 싶었다. 그러다가 칼국수를 먹으러 가던 중이었다는 데 생각이 미쳤다. 가게를 향해 걸어가는 내내 웃음이 그치지 않았다. 가슴속 저 깊은 곳에서부터 기쁨이 차올라 금방이라도 터질 듯한 느낌이었다. 지금 이 세상에 나보다 더 많은 것을 가진 부자가 있을까, 하는 생각이 들었다. 그리고 연우가 삼성장학회에 제출한 자기소개서가 떠올랐다.

저를 끊임없는 도전으로 이끌었던 것은 호기심과 자립심이었습니다. 저는 어릴 때부터 무슨 일이든 스스로의 힘으로 해내려는 욕구가 왕성했습니다. 일곱 살 때 혼자 버스를 갈아타며 두 시간 거리의 외가에 갔던 일은 제 인생을 통틀어 가장 놀라운 경험이었습니다. 그때 갈아탈 버스를 기다리던 순간을 생각하면 지금도 가슴이 두근거립니다. 휴대폰도 없던 시절에 어린아이 혼자 먼 길을 간다는 건 대단히 위험한 모험이었습니다. 그럼에도 부모님은 제가 스스로 세상을 탐색하며 성장하기를 응원하는 뜻으로 권하셨습니다.

그리고 마라톤은 제게 정말 새로운 도전이었습니다. 제가 달리기를 시작했던 곳은 제 모교인 서울대학교의 운동장이었습니다. 처음 트랙을 돌았을 때는 두통과 호흡곤란 증세로 도저히 더 달릴 수 없을 것 같았습니다. 하지만 잠시 쉰 다음 다시 달리기 시작하자 그 증세가 서서히 가라앉았습니다. 제가 처음 도전한 마라톤 대회는 한강변을 따라 달리는 10킬로미터 코스였습니다. 그날 한 시간 남짓 달리며 겪었던 고통과 그 고통을 이겨 낸 희열을 결코 잊을 수 없습니다. 저는 요즘 매일 아침 달리기로 하루를 시작합니다. 온 가족이 함께 한 달에 한 번씩 마라톤 대회에도 참가하고 있습니다. 개운한 마음으로 하루를 시작할 때마다, 완주 메달이 늘어나는 것을 볼 때마다, 새로운 경험과 도전을 향한 마음가짐을 새롭게 다지게 됩니다.

미국에서 중학교에 다니며 미술 활동을 활발하게 했던 경험은 지금의 저에게 수학과 음악 이상으로 큰 영향을 미쳤습니다. 디자인 방면에서 재능을 인정받았던 저는 학교의 앨범 표지 공모에서 2년 연속으로 당선했고 티셔츠 디자인도 맡았습니다. 그 일로 인정받아 학교 건물에 벽화를 그리는 기회를 거머쥐었습니다. 그리고 아이오와 시티 학생 작품 전시회에 매번 출품해 수상했습니다. 이런 활동을 눈여겨보신 미술 선생님은 저를 아이오와 대학의 블랭크 서머 인스티튜트(BSI, Blank Summer Institute) 프로그램에 추천했고 마침내 선발되었습니다. 여름방학 기간에 교육하는 이 특별 합숙 프로그램을 통해 저는 제 미래를 위한 중요한 결정을 하게 되었습니다.

BSI는 아이오와 주의 각 중학교를 대상으로 수학, 글쓰기 등 일곱 개 분야에서 뛰어난 학생들을 선발해 교육하는 프로그램이었습니다. 학생들은 대학에서 2주간 함께 생활하며 수업을 듣고 실습을 했습니다. 제가 선발되었던 분야는 멀티미디어 앤드 테크놀로지였습니다. 그처럼 생소한 분야를 대학교에서 공부할 수 있었던 기회, 그리고 새로운 친구들과 룸메이트가 되어 생활할 수 있었던 일은 제가 겪은 또 한 번의 가슴 설레는 도전이었습니다.

아이오와 대학 안의 전산실과 기숙사에서 보낸 2주는 매우 바쁘고 빠르게 지나갔습니다. 처음 일주일 동안은 컴퓨터의 활용 분야와 다양한 어플리케이션, 그리고 여러 멀티미디어 기기의 사용에 대한 강의와 실습이 이루어졌습니다. 두 번째 주는 조별 프로젝트 진행 및 발표로 짜였습니다. 조별로 다양한 기기와 프로그램을 활용하여 결과물을 내는 프로젝트였는데, 저희 조에서 만든 결과물은 아이오와 시티의 명소를 안내하는 영상물이었습니다. 도시 안의 주요 장소에 대한 설명 및 특별한 점을 화면에 표시하는 형식이었습니다.

영상물을 촬영한 뒤 편집하고 필요한 요소를 화면에 삽입하는 과정에서 제가 중요하게 생각한 것은 '어떻게 화면을 배치해야 보는 사람이 쉽게 이해할 수 있을까' 하는 점이었습니다. 그때 저는 인터페이스 디자인의 개념조차 모르는 중학생이었지만, 그 프로젝트를 공부하며 기술 개발 및 제품과 서비스 설계에서 사람을 고려한 디자인의 역할이 중요하다는 것을 깨닫게 되었습니다. 프로젝트를 진행하고 결과물을 완성시켜 가며 저는 디자인과 기술이 매우 가깝게 연결되어 있음을 깨닫게 되었습니다. 그 점이 미술 선생님께서 제게 주고자 한 가르침이 아니었나 생각합니다. 저는 사람을 보다 더 깊게 이해하는 디자인을 공부하고자 하는 새로운 도전 과제를 안고 BSI 프로그램을 마쳤습니다.

BSI 프로그램을 계기로 저는 인간 중심의 디자인 공부에 관심을 가지게 되었습니다. 물병 하나를 사더라도 손잡이가 잡기 쉽게 만들어져 있는지를 살피게 되었고, 문을 열 때마다 손목을 불편하게 했던 학교 사물함을 어떻게 하면 더 편하게 만들 수 있을지에 대해 고민하게 되었습니다. 또한 프로젝트 관리의 중요성을 깨닫게 된 저는 시험공부를 할 때에도 과목별로 차트를 만들고 구체적인 목표를 세워 효율적으로 학습 내용과 분량을 관리하게 되었습니다. 아이오와 대학에서 보낸 2주가 저를 그렇게 어린 산업공학도로 변화시키고 있었습니다.

학부 4학년부터 석사 과정에 이르기까지 저는 휴먼 인터페이스 시스템 연구실의 구성원으로 프로젝트에 참여했습니다. 그 기간 실제 제품과 서비스가 소비되는 현장에서 사용자들을 관찰하고 설문을 진행했습니다. 그리고 다양한 장비와 방법론을 활용하여 실험을 진행하고 결과를 분석하여 보고하는 과정을 여러 차례 경험했습니다. 그런 노력으로 인간공학의 연구와 적용에 대해 보다 깊이 공부할 수 있었습니다.

아직 초보 마라토너인 저는 10킬로미터를 달립니다. 꾸준히 달리며 기록을 줄이고 있는 만큼 앞으로 하프 마라톤은 물론 풀코스 마라톤에도 도전할 계획입니다. 인간공학 전공자로서 제가 지금껏 연구한 것도 10킬로미터 정도라고 생각합니다. 출발선에서부터 여러 갈림길과 오르막길, 그리고 내리막길을 지나 지금까지 뛰어왔습니다.

지금부터는 더 넓은 세계로 나가 풀코스 결승점에 도달할 때까지 더 깊게 숨을 쉬며 달려 보고자 합니다. 숨이 차고 다리가 아파 멈추고 싶을 때도 있을 터이고 중간에 길을 잃어 잠시 헤매는 일이 생길 수도 있을 것입니다. 그러나 저는 제가 지금까지 다양한 분야를 직접 배우고 경험한 내용이야말로 더 폭넓은 공부를 할 수 있는 저력이 되리라고 믿습니다. 그 저력을 바탕으로 '인류사에 기여하는 인간공학 교수'라는 풀코스 완주에 도전해 보고자 합니다. 지금까지 그랬듯이 어려운 과제가 닥치더라도 자신감을 잃지 않을 것입니다.

연우의 자기소개서를 떠올리며 지난 일들을 생각하자 새삼 가슴이 두근거렸다. 나는 갓 초등학교에 입학한 어린 딸을 혼자 외가에 보냈다. 제 힘으로 길을 찾아 가는 사이 용기와 자신감을 얻게 되리라고 생각했기 때문이었다. 물론 이 험한 세상에 어린 자식을 혼자 거리에 내보내는 것은 마음을 단단히 먹지 않으면 안 될 일이었다. 그 일은 연우에게는 물론 내게도 큰 모험이었다. 나는 어린 연우에게 내 계획을 차근히 설명하고 도전할 수 있도록 용기를 북돋아 주었다. 무사히 도착했다는 연락을 기다리는 동안 말할 수 없이 초조하고 불안했지만, 연우가 그 모험을 잘해 내리라고 굳게 믿었다. 혼자 외가에 다녀오는 데 성공한 연우의 얼굴에는 그 어느 때보다도 생기가 넘쳤다. 목소리에도 자신감이 담겨 있었다. 그 일을 알게 된 사람들은 하나같이 험한 세상에 어린아이를 홀로 내보냈다고 나를 나무랐다. 하지만 나와 연우는 뿌듯할 뿐이었다.

연우의 자기소개서를 생각하며 그날의 결정이 무모하거나 헛된 것이 아니었다는 사실을 다시 한 번 확인할 수 있었다.

11월 5일 오전, 에버랜드에 있는 삼성연수원에서 장학 증서 수여식이 열렸다. 남편이 하루 휴가를 내고 부산에서 올라왔다. 우리는 연수원 강당으로 들어가 지정된 자리에 앉았다. 주위를 둘러보니 이제 막 고등학교를 졸업하는 학사 과정 예비생들과 석사 과정, 그리고 연우와 같은 박사 과정 합격자들이 자리에 앉아 있었다. 합격자들이 차례로 무대에 불려 나가 심사 위원장으로부터 장학 증서를 받았다. 부상은 만년필과 최신 휴대폰이었다. 심사 위원들의 면면을 살펴보았다. 대학 총장들과 학계의 저명한 교수들, 유명 문학상 심사 위원의 모습도 눈에 띄었다. 수여식이 끝나고 사진 촬영을 마친 뒤 연수원 식당에서 모두 함께 점심식사를 했다.

연수원을 떠나기 전 우리 가족은 버스가 출발할 때까지 잠시 산책을 했다. 기분 탓이었을까. 그날 에버랜드의 단풍은 정말로 아름다웠다. 바람이 불 때마다 단풍은 찬란한 빛깔로 빛나고 있었다.

나는 언제나 거리를 두고 지켜보며 두 아이를 키웠다. 그래서인지 연우와 상우는 또래 아이들과 달리 어지간한 일로는 엄마에게 의존하지 않았다. 특히 연우는 맏이답게 크고 작은 일들을 스스로 척척 해냈다. 연우는 제가 선택한 일에 대해서는 놀라우리만치 책임감과 열의를 보였다. 누가 시키지 않아도 부지런히 제 할 일을 찾아 했다. 서울대학교를 과 수석으로 졸업하고 삼성장학생으로 선발된 것도 연우의 몸에 배어 있던 부지런함 덕분이라고 생각한다.

유학을 결정하고 대학을 선택할 때도 나는 연우가 누구보다 자신에게 맞는 선택을 하리라 믿고 있었다. 그날까지 온 힘을 다해 공부해 온 분야이니 연우 자신만큼 잘 아는 사람은 없을 터였다. 장학생으로 선발된 뒤 연우는 지도 교수들을 찾아다니며 어느 대학의 교육 과정이 제가 원하는 방향과 잘 맞을지 조언을 구했다. 한편으로는 해외에 유학 중인 삼성 장학생 선배들과 이메일을 주고받으며 그들의 경험과 의견을 들었다.

연우는 어릴 적 미국에서 살았던 경험이 있어 미국 대학에 진학할 계획이었다. 그래서 제 전공 프로그램을 갖춘 조지아텍, 버클리 대학, 위스콘신 대학, MIT 등에 지원했고 모두 입학 허가를 받았다.

연우는 대학에 들어간 뒤로 부모에게서 용돈을 받아 쓴 적이 없었다. 이공계 장학생으로 서울대학교에 입학해 국가로부터 학비를 받았고, 용돈은 과외 아르바이트를 해서 벌었다. 학업에 방해가 되어 과외 아르바이트를 그만두었지만 곧 대학 연구실에 들어가 월급을 받으며 생활했다. 그래서 "미국 대학에 지원서를 보내는 비용은 엄마가 내 주겠다"고 큰소리를 쳤는데 액수를 확인해 보니 너무 적어 웃음만 나왔다.

입학 허가가 나면서부터 본격적인 고민이 시작되었다. 합격한 대학 가운데 제 전공과 가장 적합한 교육 과정이 갖춰진 대학을 골라야 했다.

그때 연우는 MIT의 한 교수로부터 뜻밖의 메일을 받았다. MIT로부터 입학 허가서를 받기도 전이었다. 교수는 자신이 진행하고 있는 'E-홈 프로젝트(E-Home Project)'를 소개하고 연우에게 함께 연구할 의향이 있느냐고 물었다. 연우는 아직 대학으로부터 합격 소식을 듣지도 못했는데 무슨 말인지 알 수 없어 놀랐다는 메일을 보냈다. 그러자 교수는 연우가 합격한 사실을 알고 있으며, 대학에서 보낸 입학 허가서를 곧 받게 될 것이라고 했다. 또 연우가 제출한 에세이를 보고 자신이 진행하는 프로젝트와 잘 맞겠다고 판단해 의향을 물은 것이라고 답했다. 교수는 급료 2만 달러를 줄 테니 연구 조교로 참여하지 않겠냐고 제안했다. 연우는 교수에게 프로젝트 내용을 자세히 보고 나서 결정하겠다고 답 메일을 보냈다.

'E-홈 프로젝트'에 대해 알아보니, 노인들의 생활을 관리하는 시스템을 설치하는 연구로, 이를테면 멀리 사는 가족들과 영상 메시지로 연락을 주고받을 수 있는 방법 등을 연구하는 프로젝트였다. 연구실 이름은 '에이지 랩(Age Lab)'이었다. 연우는 프로젝트가 마음에 든다고 했다. 그러면서도 곧바로 결정을 내리지 않고 버클리 대학과 비교하며 신중한 태도를 보였다.

버클리 대학은 교육 과정이 장난감 규모의 작은 사물을 연구하는 프로젝트 위주로 짜여 있었다. 반면 MIT의 교육 과정은 비행기처럼 규모가 큰 대상을 연구하는 프로그램으로 이루어져 있었다. 연우는 두 대학에서 연구하는 대상이 너무 달라 결정을 내리기가 어려운 모양이었다. 나는 그런 연우를 지켜보고 있었다.

"나는 아기자기한 게 좋은데……."

연우가 머리를 갸우뚱하며 말했다.

"그래. 네가 좋아하는 걸 선택해야 공부하기가 낫겠지."

"그럴까, 엄마? 그리고 캘리포니아는 보스턴과 달리 날씨가 좋은데 날씨로 결정할까?"

연우는 농담하듯 웃으며 말했지만 고민하는 눈치가 역력했다.

"대학 자체를 놓고 더 따져 봐야지."

나는 그렇게 별 도움도 되지 않는 한마디를 던졌다.

"그렇지? 근데 정말 결정을 못 내리겠어. 한국을 오가기도 캘리포니아가 더 좋을 것 같은데. 보스턴은 비행기를 갈아타야 하니까 훨씬 불편할 테고 말이야."

"보스턴이 훨씬 불편해? 그럼 네가 힘들겠구나."

연우의 마음은 캘리포니아의 버클리 대학으로 기우는 듯했다. 하지만 한참 고민하더니 이렇게 말했다.

"엄마, 아무래도 MIT가 나을 것 같아. 거기는 박사 과정이 4년이거든. 버클리는 6년이고. 6년은 너무 길어 안 되겠어.

마침내 연우가 유학할 대학이 정해졌다. 연우는 교수에게 연구 조교 제안을 받아들이겠다는 메일을 보냈다. 그리고 3월 중순, 매사추세츠 공과대학이 보낸 입학 허가서가 뒤늦게 도착했다.

내가 남편을 따라 부산에 내려가 지내는 동안 연우는 혼자서 차근차근 제 짐을 정리했다. 두고 갈 것, 미국으로 부칠 것, 직접 들고 갈 것으로 짐을 나누고 휴대폰으로 사진을 찍어 내게 보내 주었다. 사진 속 짐들을 보며 나는 연우가 부모 밑에서 살아온 시간을 정리하고 있다는 느낌을 받았다. 제 몸집만 한 신주머니를 들고 학교에 보내 달라고 조르던 내 딸이 어느새 어엿한 어른이 되어 엄마 곁을 떠나려 하고 있는 것이었다. 서운한 마음은 별로 들지 않았다. 잘 자라 준 딸이 기특하고 자랑스러울 뿐이었다.

연우가 떠나기 한 달 반쯤 전에 이삿짐 회사 직원이 방문해서 짐을 쌌다. 짐을 넣고 남는 공간에는 평소 연우가 좋아하던 둥지냉면을 가득 채웠다. 나는 미국으로 짐을 부치기 전날 부산에서 올라와 연우가 한국을 떠날 때까지 함께 시간을 보냈다. 우리는 마트에서 마지막 쇼핑을 했다. 미국에서 구하기 힘든 방충제와 세탁 망, 육수용 주머니 같은 자잘한 물건들을 골랐다. 이번에 미국으로 떠나면 몇 년간 그곳에서 혼자 공부를 하게 될 것이고, 머지않아 결혼을 하게 될 테니 다시는 이렇게 오붓하게 지낼 시간이 오지 않을 것 같았다.

연우는 2010년 8월 16일 오후 5시에 유나이티드 에어라인 항공편으로 한국을 떠났다.

삼성장학회는 매년 전체 장학생들을 한자리에 모아 캠프를 열었다. 연우의 첫 캠프는 캘리포니아의 요세미티에서 열렸다. 거기서 3박 4일을 보낸 뒤 다시 4년간 공부하게 될 보스턴으로 건너갈 예정이었다. 미국으로 향하는 비행기 안에서 연우는 무슨 생각을 하고 있었을까. 어쩌면 인간공학 교수라는 더 높은 목표를 생각하며 풀코스를 달리는 마라토너처럼 숨을 고르고 있었을지도 모른다.

제53회 행정고등고시에 합격하셨습니다

행정고시에 합격한 다음 입대하겠다고 선언한 상우는 2학년 때인 2007년부터 본격적으로 고시 공부를 시작했다. 고시 공부를 시작하는 학생들에게 가장 큰 고민은 역시 군대와 휴학이었다. 보통 수험생들은 군 복무를 마친 뒤 고시촌에 들어가 공부를 시작했다. 군대에서 세상을 배우고 나면 고시 공부에도 도움이 된다는 이유였는데, 몇 년씩 고시 공부를 하다가 실패할 경우 입대가 늦어지고 취업이 어려워질 것을 우려한 결정이기도 했다. 하지만 상우는 고시에 먼저 합격한 뒤 장교로 군 복무를 마치겠다는 계획을 세웠다. 나중에 상우는 그 계획 덕분에 고시 공부를 하는 내내 긴장감을 유지할 수 있었다고 했다.

상우는 시험공부에 집중하기 위해 휴학하기로 결심했다. 휴학하는 문제를 두고 남편과 의견이 엇갈리기도 했다. 남편은 학교에 다니면서 고시 공부를 해도 충분하다고 했지만, 상우는 아빠가 합격했던 30년 전과

제도가 많이 달라졌기 때문에 두 가지를 병행하다가는 양쪽 모두 놓칠 수도 있다고 주장했다. 결국 상우는 자신의 뜻대로 1년을 휴학하고 대학의 국가고시 기숙사인 무악4학사에 들어갔다.

학교에서는 각 단계별 시험을 대비한 특강이 열렸고 정기적으로 모의고사도 볼 수 있었다. 나는 기숙사에 들어간 상우에게 이불이며 필요한 물건들을 차로 실어다 주곤 했는데, 신촌 로터리의 한 대형 마트에서 똑같은 속옷 일곱 벌을 산 적도 있었다. 그때 마치 아들을 세상과 격리시키는 것 같아 가슴이 찡했다.

반년 동안 고시 기숙사에서 생활한 상우는 다음 해 2월에 그곳을 나와 두어 달 동안 집과 신림동 독서실을 오가며 공부했다. 상우는 새벽에 독서실로 가서 식당 밥을 먹으며 종일 공부를 하고 돌아왔다.

"엄마, 독서실 근처 식당 말이야, 거기 밥은 맛있기도 한데 믿을 수 있기도 해."

어느 날 상우가 불쑥 입을 열었다. 매일 독서실에서 시간을 보내니 내가 걱정이라도 할까 봐 신경이 쓰인 모양이었다. 그리고 집 밥은 매일 거르면서 식당 밥을 꼬박꼬박 챙겨 먹으니 제 딴에는 내게 미안함을 느끼는 것 같았다.

"그래? 왜 그렇게 생각하는데?"

"왜냐하면 식당 집 아들도 우리랑 같은 음식을 먹거든."

"정말? 네가 봤어?"

"응, 같은 시간에 먹은 적 있어. 자기 아들도 먹는 음식인데 정성스럽게 만들지 않겠어?"

공부하느라 힘들 텐데 그나마 밥을 거르지 않고 잘 챙겨 먹는다니 다행이라는 생각이 들었다. 상우는 고시 공부로 시간에 쫓기면서도 쉬는 시간에는 친구들과 수다를 떨거나 노래방에 가기도 하며 생기를 잃지 않았다. 집에 돌아와서도 가족들과 이야기를 나누거나 노래를 부르며 공부 스트레스를 풀곤 했다.

"그렇게 노래 부르고 싶으면 오디션 프로그램에 나가 보는 건 어때?"

"음, 글쎄. 고시 끝나면 한번 생각해 볼게."

우리는 그런 농담을 주고받았다.

그렇게 어울려 놀기를 좋아하다가 고시 공부를 소홀히 하는 게 아닌가 걱정이 되었다. 하지만 나는 상우가 밝은 겉모습 뒤로 얼마나 많이 고민하고 있는지 잘 알고 있었다.

철이 들며 상우는 제 아버지의 빚 문제를 놓고 고민하기 시작했다. 나는 상속포기를 하면 되니 그런 걱정에 시간 뺏기지 말고 공부에 집중하라고 타일렀다. 그러나 그런 말로 덮어 버릴 수 있을 만큼 간단한 문제가 아니었다. 상속을 포기하면 채무를 피할 수야 있겠지만 그런 결정을 내려야 하는 아이의 마음이 편하기만 하겠는가. 고시 공부만으로도 지칠 텐데 가족의 문제까지 끌어안고 고민해야 했으니 상우는 다른 수험생보다 더 힘든 시간을 보냈을 것이다. 가족에게 여유로운 모습을 보이려고 더 치열하게 공부에 매달렸을 게 분명했다.

그 탓인지 고시를 준비하는 동안 상우는 툭하면 배탈이 났다. 복통이 너무 심해 맹장염인 줄 알고 구급차를 부른 적도 있었고, 내시경 검사를 받기도 했다. 두통이 심해져 단골 내과의 의사가 아예 두통약 한 병과 위 보호제 한 병을 통째로 처방하기도 했다. 그런 모습을 지켜보며 안쓰러워 속이 타 들어가는 것만 같았다.

어느 날 결국 일이 터지고 말았다. 중압감이 한계에 이르렀던 모양이다. 2008년 11월 말에 상우는 몸을 움직이지도 못할 만큼 심한 복통으로 중앙대학교 병원에 입원했다. 다음 해 2월에 행정고시 1차 시험을 앞두고 있던 터라 한창 공부에 집중해야 할 시기였으니 온 가족이 애를 태울 수밖에 없었다. 의사는 몇 가지 검사를 해 보더니 드물기는 하지만 장결핵일 수도 있다는 소견을 전했다. 장결핵이라니, 더럭 겁이 났다. 결과가 나올 때까지 상우가 얼마나 초조할지를 생각하니 그것도 걱정이었다. 그런데 검사 결과 장결핵이 아니어서 얼마나 다행이던지.

그렇게 노력한 끝에 상우는 두 번째로 치른 행정고시 1차 시험에 무난히 합격했다. 평균 성적은 1년 전보다 10점 가까이 올라 있었다. 2차 시험을 준비하는 사이 날씨는 점점 더워졌다. 날이 더우니 공부에 집중하기도 쉽지 않았을 것이다. 휴학 기간이 끝나 학교 수업과 병행해 고시 공부를 하던 상우는 밤늦게 집에 돌아오면 텔레비전으로 야구 중계방송을 보곤 했다. 그런 아이를 보며 내심 걱정이 되었다.

'2차 시험이 얼마 남지 않았는데 쟤가 왜 저러고 있지. 이번이 마지막 기회라고 생각하고 바짝 밀어붙여야 할 텐데.'

나도 그 무렵에는 장편소설을 쓰고 있어서 상우에게 신경을 쓸 여유가 없었다. 그런데도 그렇게 느슨해진 듯한 모습을 보고 있자면 초조해졌다. 시간이 더 흐르기 전에 한마디라도 해야 할 것 같았다. 그래서 조심스럽게 이야기를 꺼냈다.

"상우야, 지금 네 모습을 보면 엄마는 걱정이 된다. 엄마가 쓸데없는 걱정을 하는 거니?"

"아, 엄마. 걱정하셨어요? 공부해야 할 시간에는 제대로 집중하니까 너무 걱정하지 마세요. 야구 중계 보면서 잠깐 머리 식히는 것뿐이에요."

상우는 아무 일도 아니라는 듯 웃으며 대답했다. 상우를 믿기로 하고 더 이상 아무 말도 하지 않았지만 여전히 마음이 불안했다.

행정고시 2차 시험 기간이 다가왔다. 시험 기간은 6월 말부터 7월 초까지 일주일이었다. 나는 이번 시험으로 상우의 고생이 모두 끝나기를 간절히 바라며 시험 기간 동안 상우에게 먹일 식단을 짰다. 그리고 상우가 시험을 보는 동안 하루하루 일기를 써 나갔다. 자식이 힘든 시험을 보는데 뭐라도 해야 할 것 같았다. 시험을 보는 동안만이라도 아이만 생각하고 아이에게 집중하고 싶었다.

6월 29일

시험이 시작되었다. 행정법 시험이다. 시험 장소는 고려대학교였고, 삼각지역에서 지하철 6호선을 갈아타야 한다고 했다. 아이는 새벽 5시까지 밤을 새우고 6시 반까지 잠깐 눈을 붙인 뒤 시험장으로 향했다. 그런 아이가 입맛이 있을 리가 없었다. 달걀말이를 해서 밥을 먹이겠다고 식단을 짰지만 상우는 먹지 못했고 오히려 먹지 못한 게 다행이었다. 시험 기간에는 달걀이나 미역국을 먹이지 않는다는 걸 잊고 있다가 기억해 냈기 때문이었다. 아이를 내보내고 나서 식단을 보다가 아차 싶었다. 첫날부터 달걀이 들어가 있는 게 아닌가. 그 뒤에도 달걀이 들어가는 반찬이 더 있었다. 이런, 내가 생각이 있는 엄마인지. 비가 요란스럽게 내리고 있었다. 비 오는 월요일이라 길이 많이 막힐 텐데. 9시 20분까지 입실이니 시간은 여유 있겠다 싶었다.

1시 반쯤 돌아온 상우의 표정이 밝았다. 아침을 굶고 나갔는데도 시험을 잘 본 듯해 안심이 되었다. 점심은 식단에 짠 대로 비빔국수를 먹였다. 입맛이 없었는데 잘 먹었다고 했다. 저녁에는 오랜만에 돈가스를 만들어 먹였다. 그때서야 밥을 먹고 있는 상우에게 시험이 어땠느냐고 물어보았다. 예상보다 쉬웠다고 대답했다. 다른 아이들의 반응도 그렇다고 했다. 그럼 수험생 대부분이 그렇다는 건데, 나는 또 걱정이 앞섰다. 저녁을 먹은 뒤 상우가 혼자 나가 산책을 하고 들어왔다. 전화로 시험이 쉬웠다는 말을 전해 들은 남편이 남은 시험에 자만할까 봐 걱정이라고 했다.

경제학 시험을 보는 날이다. 금세 비가 쏟아질 것처럼 날씨가 흐렸다. 날씨 예보에서 비 소식이 없다고 했지만 상우는 불안하다며 우산을 챙겨 가지고 나갔다. 아침은 식단에 있는 달걀 볶음밥 대신 저녁에 먹고 남은 돈가스와 밥 두 숟가락 정도를 먹었다. 어제 본 행정법 시험의 문제가 쉬웠던 영향인지 지난밤에는 공부하는 태도가 느슨해 보였다. 자만하거나 방심하면 바로 다음 시험에서 그 대가를 치르게 될 텐데 걱정이었다. 지금쯤 울상 짓고 있는 건 아닐까. 점심 때 어깨를 늘어뜨리고 망했어, 라며 들어오면 어쩌지? 점심밥을 지으면서도 불안했다. 두부 부침과 김치볶음밥을 해 놓고 아이를 기다렸다.

드디어 상우가 돌아왔다. 어제보다 조금 이른 시간이었다. 아이의 표정을 살폈다. 상우는 내가 궁금해하는 걸 알았는지 "죽을 뻔했어. 역시 경제학이 어려워"라고 말했다. 네 문제 중에 한 번도 본 적 없는 문제가 하나 나왔는데 20점짜리라고 했다. 어쨌든 칸을 채워 넣었고 과락은 아니라고 했다. 고시에 처음 도전한 지난해 시험에서도 과락은 한 과목도 없었다. 그런데 저녁에 아이가 통화하는 걸 들어 보니 한 문제는 다른 아이들과 다른 답을 썼다는 것이었다. 남편이 다음 시험을 잘 보면 되니 끝난 시험에는 신경 쓰지 말라고 응원했다.

오늘은 오후에 시험을 본다고 했다. 오후 2시에 교육학 시험이다. 다른 과목은 모두 오전인데 이 시험만 오후였다. 나는 오후 시험이 있다는 걸 예상하지 못하고 식단을 짠 탓으로 10시 반에 점심으로 카레라이스를 해 주었다. 아이의 시간표를 따르려면 11시에 먹어야 하는데 어쩌다 보니 내가 서둘렀다. 제 시간에 맞춰 주지 못해 방해된 건 아닌지 걱정이 됐다.

시험을 보고 돌아온 아이가 잠깐 눈을 붙여야겠다며 6시 반에 깨워 달라고 했다. 시험에 대해서는 그저 그렇다고 말했다. 나는 더 묻지 않고 저녁에 먹을 불고기를 재웠다.

7월 2일

교육심리학 시험이 있는 날이다. 순전히 암기해야 하는 과목이라 힘들다고 했다. 집을 나설 때쯤 소나기가 마구 쏟아져서 큰 우산이 필요했다. 시험 기간에 비가 자주 온다고 아이가 투덜거렸다. 나도 같은 생각을 하며 하늘을 노려보았다. 점심에는 탕수육을 했는데 식단을 보니 저녁에도 치킨가스로 튀김 요리였다. 그래서 닭고기를 튀기지 않고 조림으로 바꿨다. 상우가 조림이 맛있다고 하니 바꾸기를 잘했다. 튀김보다는 조림이 소화가 잘 되어 좋을 것이다.

7월 3일

어느덧 시험 마지막 날이 되었다. 새벽에 일어나 아침을 준비하다가 상우의 방을 바라보았다. 제 누나보다도 작게 태어난 내 아들이 어느새 자라 이 어려운 시험을 보고 있다니. 실감이 나지 않았다.

상우가 마지막 시험을 보기 위해 집을 나섰다. 부디 마지막 순간까지 저력을 발휘해 주기를 간절히 바랐다. 시험이 끝날 즈음 상우에게서 전화가 왔다. 상우는 오후 시간에 시험 보는 친구를 만나고 갈 테니 나보고 먼저 점심을 먹으라고 했다. 저를 기다리느라 엄마가 시장할까 봐 전화했다고. 지난해 2차 시험을 끝내고 아이가 했던 말이 생각났다. "우리도 이젠 성인이야. 그러니까 밤에도 놀 수 있어." 시험이 끝났으니 함께 시험 본 친구와 놀다가 들어오겠다며 했던 말이다. 그렇게 말한 아이가 밤 10시도 안 돼 집으로 돌아왔다. 우리는 그런 아이를 보며 박장대소했다. 자기도 이제 어른이라고 큰소리를 탕탕 쳤던 아이가 얼마나 성인답게 놀다 들어왔을지 보지 않아도 알 수 있었다. 그동안 못 부른 노래를 다 부르고 왔을 것이다. 안 봐도 훤했다. 그리고 상우는 이번에도 자신의 애창곡인 「She's gone」을 불렀을 것이다.

오늘 상우는 작년보다도 더 이른 시간에 집에 돌아왔다. 전화로 피자를 시켜 달라고 부탁하더니 양손 가득 만화책을 들고 들어왔다. 시험이 끝나자마자 가장 먼저 하고 싶었던 일이 만화책을 빌려 보는 것이었구나. 웃음이 나왔다.

지나고 보니 계획한 대로 아침을 먹인 날이 하루도 없는 것 같았다. 시험 첫날엔 상우가 입맛이 없다며 밥에 숟가락만 꽂다가 말았고, 둘째 날엔 가장 어려워하던 경제학 시험이 있어 긴장한 나머지 밥 먹을 정신도 없었다. 나머지 날에도 시리얼이나 빵 한 조각으로 때우고는 시험장으로 향했다.

상우가 시험을 끝내고 돌아와 현관문을 들어서는 오후 1시경이면 마음이 복잡해졌다. 오늘은 어떤 표정으로 아이를 맞아야 할까. 무심한 척해야 할까, 아니면 알은체를 해야 할까. 그렇지 않아도 예민해져 있는 아이에게 시험을 어떻게 봤는지 꼬치꼬치 물을 수는 없었다. 공연히 신경을 건드리게 될까 봐 조심스러웠다. 그런데 그런 내 마음을 알아차렸는지 상우는 집에 돌아오면 그날 본 시험에 대해 먼저 한마디씩 해 주곤 했다.

"엄마, 오늘은 진짜 죽을 뻔했어!"

"뭐, 어쨌든 나름대로 답지를 채웠지만 말이야. 하하."

물론 나는 시험을 잘 봤다는 말을 매일 듣고 싶었다. 상우의 한마디에 기분이 오르락내리락했다. 5일 동안 상우가 한 말을 종합해 보니 시험은 대체로 어려웠던 것 같았다. 어쨌든 그렇게 2009년의 2차 시험은 끝이 났다. 이제 남은 것은 10월 중순에 나올 결과 발표를 기다리는 일뿐이었다. 그러나 상우는 불합격할 경우를 대비해 평소대로 공부를 계속해 나갔다.

시간이 흘러 10월 중순에 이르렀다. 15일 저녁 6시가 조금 지났을 무렵 올케로부터 느닷없이 전화가 걸려 왔다. 올케와는 그 시간에 통화를 한 적이 없었기에 웬일인가 싶었는데 수화기 너머에서 "축하해요!"라는 말이 들려왔다. 나는 마침 그 무렵 어느 단체가 주최한 소설 공모에서 당선했기 때문에 그걸 축하하는 줄 알았다. 그래서 별것 아니라고 겸손을 부렸다. 그랬더니 수화기 저편에서 놀라는 목소리가 들렸다.

"어머, 무슨 말이에요. 고시 2차 합격인데 별일 아니라니요."

그 말에 나는 깜짝 놀랐다. 올케는 전화를 걸기 직전인 저녁 6시에 행정안전부 홈페이지에 2차 시험 합격자 발표가 났다는 사실을 전해 주었다. 그해에 조카도 상우와 함께 시험을 봤기 때문에 올케도 시험 일정에 신경을 곤두세우고 있었던 것이다. 마트에서 장을 보다가 합격 소식을 들은 나는 그 자리에 선 채로 "정말요?"라는 말만 반복하고 있었다.

그런데 상우에게서는 아무런 연락이 없었다. 제가 합격했다는 사실을 모르고 있었던 걸까. 아이가 알았으면 제일 먼저 내게 알렸을 텐데 이상한 일이었다. 상우에게 기쁜 소식을 알리고 싶어 곧바로 문자를 보냈다. 지난 봄, 잘 알지도 못하면서 야구 중계방송을 보는 걸 나무랐던 일도 사과하고 싶었다.

곧 상우에게서 답장이 왔다.

'에이, 김샜다. 어떻게 아셨어요? 집에 가서 알려 드리려고 했는데.'

그제야 나는 눈치를 챘다. 조금만 더 참고 기다렸으면 좋았을 걸 하는 생각이 들었다. 상우가 달려와 소식을 전하면 깜짝 놀라는 척하며 함께 기뻐해 줄 걸 공연한 짓을 했다는 후회가 들었다. 합격한 걸 알게 된 순간 상우가 지었을 표정을 머릿속에 떠올려 보았다. 입 가장자리를 실룩이며 웃거나 두 팔을 터는 몸짓. 어쩌면 신이 나 노래를 불렀을지도 모른다.

얼마쯤 지나자 상우가 빙긋이 웃으며 들어왔다.

"엄마, 합격이야. 나도 합격할 줄은 몰랐어."

나는 상우의 왼손을 가만히 잡아 보았다. 매일 볼펜을 세 자루씩 갈아 치우며 공부해 온 아이의 왼 손가락에는 온통 굳은살이 박여 있었다. 언젠가 신림동 고시촌 생활을 보여 주는 다큐멘터리 프로그램에서 고시생들이 매일 볼펜을 두 자루 반씩이나 써 가며 공부한다는 이야기를 듣고 상우에게 들려준 적이 있었다. 그들과 같은 길을 걷고 있는 아이에게 자극이 될 것 같아 건넨 말이었다. 그런데 내 말을 들은 아이는 놀라는 기색도 없이 이렇게 대답했다.

"나는 매일 세 자루씩 쓰는데……."

나는 걱정을 하면서도 상우가 얼마나 열심히 공부하는지는 잘 모르고 있었다. 상우는 내가 기대하는 것 이상으로 독하게 공부하고 있었던 것이다.

이제 남은 것은 3차 면접시험뿐이었다. 2차 시험에 합격하긴 했지만 안심할 수가 없었다. 사법시험과 달리 행정고시는 3차 시험에서 2차 시험 합격자의 20퍼센트를 떨어뜨리기 때문이었다. 3차 시험에서 떨어지면 다음 해에 1차 시험부터 다시 봐야 했다. 그리고 3차 시험은 1, 2차 시험과 달리 면접관들의 판단으로 결정되기 때문에 수험생들이 가장 불안해하고 부담스러워했다. 시험까지는 채 한 달도 남아 있지 않았다. 상우는 고시 공부를 시작한 뒤 처음으로 스터디 그룹에 들어가 면접시험을 준비했다. 같은 직렬의 합격생이 네 명씩 한 조가 되어 매일 서너 시간씩

토론 면접, 발표 면접, 개별 면접을 준비했다. 3학년에 복학했던 상우는 그사이 학교의 중간고사까지 치러야 했다.

2차 시험에 합격한 상우에게 기념으로 손목시계를 선물했더니 휴대폰으로 시간을 보면 되는데 웬 시계냐며 놀란 표정을 지었다. 면접시험장에 입고 갈 양복과 넥타이를 고르는데 상우는 합격을 하니 돈이 많이 든다며 쑥스러워하기도 했다. 상우는 사춘기 때도 겉모습을 꾸미는 데 통 관심을 보이지 않았다. 신발이나 옷이 해져도 내가 발견해 챙겨 줄 때까지는 모른 채 지냈다. 손목시계를 처음 갖게 된 상우가 시계를 차는 데 익숙해지기까지는 시간이 꽤 걸렸다.

3차 면접시험을 치르기 전 대학의 고시 지원 센터에서 모의면접 특강을 마련해 주어 크게 도움을 받았다. 면접관 세 명뿐만이 아니라 고시를 준비하는 수많은 학생들이 참석했고, 그 장면을 비디오로 촬영해 실제 면접장에서보다 더 긴장이 되었다고 했다. 덕분에 실제 면접에서는 편안한 마음으로 면접관들을 마주할 수 있었다고 했다.

면접시험까지 모두 마치고 최종 발표를 기다릴 때 얼마나 조마조마했던지 그때의 느낌이 아직도 생생히 기억난다. 대학교 3학년에 두 번째로 보는 시험이라 크게 기대하지는 않았지만, 2차까지 합격하고 나니 3차까지도 합격하기를 바라는 마음이 커졌다. 혹시라도 떨어져 상우가 1년을 더 고생하게 될 것을 생각하면 더 그런 마음이 들었다.

11월 27일, 아들의 휴대폰으로 제53회 행정고등고시 최종 합격을 알리는 문자메시지가 날아왔다. 남편이 행정고시 23회에 합격한 지 30년 만의 일이었다. 그 소식을 듣는 순간 온 세상이 멈추는 듯했다. 실감이 나지 않았다. 무얼 했는지, 무슨 생각을 했는지도 기억나지 않았다. 어서 집으로 달려가 상우를 보고 싶은 마음뿐이었다. 남편과 나는 서둘러 서울행 KTX에 몸을 실었다. 자리에 앉고 나니 비로소 가슴속에서부터 뿌듯함이 밀려 올라오는 게 느껴졌다. 현관에서 우리를 맞은 상우는 그냥 빙긋이 웃고만 있었다. 연우는 벌써 상우가 좋아하는 티라미수 케이크와 샴페인을 사 들고 들어와 파티 준비를 해 놓고 있었다. 남편이 상우의 어깨를 덥석 안고 으하하 웃기 시작했다. 얼마나 기뻤던지 남편은 그날부터 며칠 동안 그 웃음을 멈추지 못했다.

"얘들아, 아빠 좋아하시는 것 봐라."

나는 싱글벙글 웃는 남편을 보며 아이들에게 말했다.

"그럼, 좋지. 나도 모르게 자꾸 웃게 되네. 그동안 힘들었던 일, 마음속에 응어리져 있던 것들까지 한꺼번에 풀려나가는 것 같아."

남편이 그렇게 대답했다.

형제들 때문에 무너진 삶, 아내와 아이들을 향한 미안함…… 남편의 기분이 어떨지 짐작할 수 있었다. 우리는 그날 밤 새벽 2시가 넘도록 샴페인을 마시며 상우가 이룬 꿈을 축하했다. 아쉽게도 주인공인 상우는 술을 입에 대지 못하는 체질이라 콜라만 마셔 댔지만.

합격자 발표가 난 뒤 상우는 후배 수험생들을 돕는 강연과 인터뷰 일정을 소화하느라 쉴 틈이 없었다. 그 뒤로는 행정고시 합격 수기를 쓰느라 정신없이 지냈다. 수기를 쓰는 일은 상우에게 그동안 공부해 온 과정을 찬찬히 돌아보고 정리하는 시간이 되었을 것이다. 그렇게 지나간 시간을 정리하며 잠시 숨을 고르고 또 다른 목표를 향해 나아갈 힘을 얻었으리라고 생각한다.

제발 빚을
갚게 해 주세요!

두 번째 압류를 당하던 날이 떠오른다. 처음 압류를 당한 지 8년 만에 벌어진 일이었다. 나는 한 번 압류를 당해 가진 걸 다 넘겨주고 나면 그걸로 끝인 줄 알고 있었다. 알고 보니 소액 채무를 가지고 있던 채권 회사가 다시 압류를 한 것이었다. 압류당한 살림살이들은 곧 경매에 넘겨질 예정이었다. 경매 목록을 받아 보았다.

소파(3.1) 1조 10만 원
김치냉장고(엘지) 1대 20만 원
세탁기(삼성) 1대 7만 원
티브이(삼성) 1대 15만 원
전자레인지(엘지) 1대 3만 원
컴퓨터(삼보) 1대 15만 원

노트북(후지쯔) 1대 **35만 원**

더블침대 1개 **7만 원**

싱글침대 1개 **5만 원**

화장대 1개 **4만 원** 등

정든 내 살림살이에 헐값이 매겨져 있었다. 목록에 적힌 가전제품과 가구 들을 볼 때마다 내 삶은 얼마짜리인가 하는 생각이 들었다. 빚을 갚지 못했으니 압류를 당해도 할 말은 없었다. 하지만 노트북만은 달랐다. 달랑 35만 원이 매겨진 그 노트북은 연우가 힘들게 과외 아르바이트를 해서 번 돈으로 마련한 것이었다. 남편의 재산과는 아무 상관없는 명백한 아이의 것이었다. 이의신청이라도 해서 되찾아 주고 싶었다. 하지만 압류를 풀려면 노트북을 구입한 내역서나 영수증을 찾아 제출하고 재판을 거쳐야 했다. 그 복잡한 과정을 어떻게 견디겠는가. 그나마 채무자의 배우자에게 경매 물품을 먼저 되살 수 있는 권리를 주니 불행 중 다행이었다.

연우와 상우는 빨간 압류 딱지가 붙은 집에서 잠을 자고 학교에 다녔다. 5만 원짜리 침대에서 잠을 자고 10만 원짜리 소파에 앉아 15만 원짜리 텔레비전을 보았다. 나는 법원을 들락거리며 경매 물품을 되사는 데 필요한 절차를 밟았다.

경매가 있던 날 나는 아침 일찍 일어나 경매 물품 가격표와 필요한 서류들을 챙겼다. 입찰자가 나 한 사람뿐인 경매였다. 시간이 되자 법원 집행관과 채권회사의 추심원이 나타났다. 입찰자가 나 혼자라는 걸 빤히 알면서도 이런 절차를 거쳐야 하다니 웃음이 나왔다.

집행관이 관련 규정을 읊기 시작했다.

"민사집행법 제190조의 규정에 따라 부부 공유 유체동산을 압류한 경우, 그 배우자는 그 목적물에 대한 우선매수권을 행사할 수 있고, 압류한 유체동산을 매각하는 경우에 배우자는 매각기일에 출석하여 우선매수할 것을 신고할 수 있습니다. 신고는 특별한 형식 없이 말로 하면 되고 최고 매수 신고 가격과 동일한 가격으로 우선매수 하겠다는 의사를 표시하면 됩니다. 우선매수를 할 경우 최고 매수 신고 가격과 같은 가격으로 매수할 수 있으며, 최고가매수 신고인에 우선하여 배우자에게 매각이 이루어집니다."

법원 직원이 알려 준 것과 조금도 다르지 않은 내용이었다. 나는 얼떨떨한 기분으로 집행관의 지시를 따랐다.

"형제들 쫓아다니면서 빚 받아 내요. 악착같지 않으니까 못 받는 거지."

채권회사의 추심원은 나와 통화를 하며 조롱하듯 말했었다. 그 목소리가 자꾸만 머릿속을 맴돌았다. 경매 물품 매각 대금은 매각 수수료와 압류 수수료, 여비, 감정료 등 집행 비용을 모두 제하고 채권자에게 변제된다고 했다. 그렇게 내 살림살이들을 되찾았다. 그리고 경매 담당자들이 떠나자마자 살림살이마다 붙어 있는 압류 딱지를 떼어 내 발기발기 찢어 버렸다. 화가 났다. 이건 진짜 내 삶이 아니라는 생각이 들었다. 마음을 가라앉히려고 청소를 시작했다. 뭔가 중요한 것이 빠져나가 버리고 가슴 한구석이 텅 비어 서늘한 기분이었다. 청소를 하다 보니 마음이 차분해졌다. 그리고 생각했다.

'어떻게 해야 이 빚을 갚을 수 있을까.'

그날 저녁 남편과 마주 앉아 이야기를 나누었다.

"어떻게든 보증 빚에서 벗어나야지 더 이상은 안 되겠어. 애들한테 계속 이런 모습을 보여 줄 수는 없잖아."

내 말에 남편은 고개를 끄덕였다. 하지만 빚을 해결하기 위해서는 먼저 해야 할 일이 있었다. 도저히 갚을 수 없을 정도로 불어난 빚을 갚을 수 있게 만들어야 했다. 방법은 채무조정을 받는 것뿐이었다. 그러나 액수가 너무 많아 조정해 줄지 알 수 없었다. 채무 회생에 관한 새로운 법이 나올 때마다 살펴보았지만 고액 채무는 해당이 되지 않았다.

'제발 빚을 좀 깎아 주세요. 갚을 수 있게.'

채권자들에게 빌고 싶었다. 누군가에게 매달려 사정이라도 하고 싶었다. 하지만 그때까지 우리는 아무런 행동도 하지 못하고 있었다. 우리가 진 빚이 아닌데, 아무리 발버둥 쳐 봤자 갚을 수 있는 액수도 아닌데, 남편의 봉급 절반을 바치는 것 외에 우리가 무엇을 더 할 수 있겠느냐고 자포자기하는 심정으로 살아왔다. 그렇게 얼이 빠져 지내는 동안에도 빚

202

은 계속 불어났다. 원금에 이자가 붙고 그 돈에 또 새로운 이자가 붙었다. 보통 사람처럼 자유를 누리며 사는 듯하지만 빚이라는 감옥에 갇힌 것과 다름이 없었다. 그런 가운데 나를 흔들어 깨운 건 다름 아닌 그 채권회사의 압류였다. 어렵게 장만한 연우의 노트북까지 빼앗아 간다며 욕했지만 정작 우리 가족을 빚에서 벗어나도록 일으켜 세운 건 두 번째 압류였다.

연말에 공직자들은 국가에 재산을 신고해야 했다. 남편은 그 시기가 되면 곤혹스러워했다. 우리에게는 재산이라는 게 없었기 때문이다. 가진 건 막대한 빚뿐이었다. 남편은 재산 대신 빚을 신고했다. 왜 그렇게 비상식적인 빚을 지게 되었는지 사유도 함께 밝혀 신고해야 했다. 불면증이 있는 남편은 그 시기가 다가오면 더 잠을 이루지 못했다. 해마다 몸살을 앓듯 똑같은 과정을 반복했다.

나는 빚을 어떻게 갚아야 할까 고민하며 계산해 보고는 했다. 매일 빚을 생각하며 잠들고 빚을 생각하며 잠에서 깨어났다. 이것도 인생인가. 이런 것도 사람의 삶이라 할 수 있을까. 열심히 살았는데 우리 가족의 삶이 어쩌다가 여기까지 왔을까. 씁쓸하고 허탈했다.

그렇게 고민하며 하루하루를 보내던 어느 날 정신이 번쩍 들었다. 우리에게 빚을 떠넘긴 그들은 이제 와서 빚을 갚을 리도 없으려니와 갚을 수도 없었다. 그들을 원망하고 내 처지를 비관만 하며 소중한 삶을 낭비할 수는 없다는 생각이 들었다. 간절히 바라고 노력한다면 어떻게든 벗어날 방법이 생길 거라는 생각이 들었다. 그때 친정 동생의 아파트가 떠올랐다. 내 머릿속에 동생의 아파트가 떠오르지 않았다면 채무조정 상담은 이루어지지 않았을 것이고, 우리는 여전히 보증 빚을 진 채로 살고 있었을 것이다. 나는 동생의 아파트로 담보 대출을 받는 방법을 생각해 냈다. 채무조정이 이루어진다고 해도 변제금 액수가 어마어마할 테니 그 돈을 마련할 방법은 그것뿐이었다. 그러나 그 일은 동생이 허락해야만 가능한 일이었다. 불가능한 일이라는 생각도 들었지만 다른 방법은 보이지 않았다. 그냥 물러설 수는 없었다.

해가 바뀌며 남편은 채무조정을 받기로 결심하고 휴직했다. 모교에 강의를 나가고 나머지 시간은 채무를 조정받는 일에 집중하기로 했다. 이제는 정말 정신을 차려야 할 때였다. 아무리 괴로워도 현실을 똑바로 직시해야 했다. 곪은 상처를 모른 척 덮어 두었다가 열어 볼 때와 같은 두려움이 몰려왔다. 할 수만 있다면 외면하고 싶은 마음이었다. 하지만 그런다고 해결될 문제가 아니었다. 그러니 더 이상 머뭇거릴 수만은 없었다. 남편과 나는 지난 서류들을 꺼내 놓고 빚을 하나하나 정리하기 시작했다.

원금과 이자를 모두 더하자 25억이라는 숫자가 나왔다. 10억이라던 빚은 그새 25억으로 불어나 있었다. 입에 담기조차 두려운 액수였다. 게다가 빚은 복잡하게 꼬여 있었다. 여러 보증인들과 공동 보증으로 얽혀 있었고, 그런 빛이 한둘이 아니었다. 보증인들 중에는 외국에 나가 있는 사람도 있었고 죽은 사람도 있었다. 마치 눈앞에 거대한 괴물이 버티고 있는 것만 같았다. 우리 가족 안에서 곪고 문드러져 이제는 피하려야 피할 수도 없는 괴물이었다.

남편은 한국자산공사에 채무조정 상담을 신청했다. 조정 상담이 받아들여질지도 알 수 없는 일이었다. 조정을 해 주겠다는 승인 절차가 끝나야 비로소 상담을 시작할 수 있었다. 자산공사의 상담원을 만나러 나갔던 남편이 처음 보는 서류 하나를 가지고 돌아왔다.

"어떻게 됐어?"

나는 조심스럽게 남편에게 물었다.

"조정 가능하다네."

"정말? 정말이야? 아, 다행이다."

남편이 내게 서류를 건넸다. 채무조정 요청 및 확약서였다.

변제금을 마련하려면 또다시 막대한 빚을 져야 했지만, 보증 채무에서 벗어날 수 있는 실마리가 보이는 것 같아 기뻤다. 빚을 갚을 수 있게 되었다니 그 말만으로도 숨통이 트이는 것 같았다. 남편이 가져온 서류를 펴 보았다. 변제금을 입금해야 할 계좌와 예금주, 담당자의 이름이 보였다. 서류 맨 아래에는 요청인인 남편의 이름이 적혀 있었다.

남편은 매일 출근하듯 신용정보사를 찾아다니며 담당자와 상담하는 고단한 일을 시작했다. 사건마다 같은 내용의 서류에 서명을 하고 빚을 갚겠다고 약속했다. 그러나 남편에게는 변제금을 구할 방법이 없었다. 남편은 빚더미를 지게 한 형제들에게서 변제금을 받아 낼 수 있으리라고 막연히 기대하는 것 같았다. 빚을 갚으려는 노력조차 하지 않는 그들에게 변제금을 기대하다니 얼마나 답답한 노릇인가. 내가 돈을 마련하지 않으면 채무가 조정되더라도 아무 소용이 없는 일이었다.

남편은 신용정보회사로 나가 상담원을 만나고 집에 돌아와 채무 서류를 정리하는 일을 계속했다. 신용정보회사마다, 그리고 각 채무마다 조정률에 차이가 있었다. 어느 회사는 원금의 80퍼센트를 깎아 주겠다고 했고, 액수가 큰 사건은 85퍼센트를 깎아 준다고 했다. 원금 액수가 클수록 조정률도 높은 편이었다.

그런데 그때까지 신용정보회사로 넘어가지 않은 채무가 하나 있었다. 원금이 3억으로 가장 큰 사건이었다. 그 채무를 조정받아야만 전체 변제금 액수를 예측해 채무를 벗을 수 있었다. 금융사의 사장을 직접 만나 채무조정을 요청해야 했다. 남편은 사장의 비서에게 면담을 신청하고 연락이 오기만을 기다렸다. 다른 사건들이 거의 조정되어 가는데도 사장에게서는 연락이 오지 않았다. 그렇게 두려워하던 일을 시작해 여기에 이르렀는데 그 채무가 조정되지 않으면 어떻게 되는 것인가. 시간이 흐를수록 애가 탔다.

어느 날, 드디어 사장으로부터 연락이 왔다. 나는 사장과 면담하러 나간 남편에게서 연락이 오기만을 초조하게 기다렸다. 몇 시간이 지나 전화벨이 울렸다.

"조정 액수 나왔어. 이제 됐다."

"정말이야? 얼마로 조정해 주겠대?"

"5000만 원으로."

"아이고, 다행이다. 정말 수고 많았어."

남편은 사장을 만나 먼저 형제들 일로 회사에 손해를 끼친 데 대해 사과했다고 한다.

큰 채무가 조정되자 나머지를 조정하는 일에도 속도가 붙었다. 지금까지 조정된 사건들의 변제금 액수로 미루어 남아 있는 사건들까지 계산해 보니 전체 변제금은 3억 원 정도가 필요할 것 같았다. 25억에서 3억 원으로 갚아야 할 돈이 대폭 줄어든 것이다.

2008년 봄, 새 정부가 들어섰던 무렵이었다. 채무조정을 받느라 휴직했던 남편도 복직해야 했다. 나는 무릎을 꿇고 비는 심정으로 친정 동생에게 사정했다.

"형부가 신용불량자 신분을 벗을 기회는 이번 딱 한 번뿐이야. 이렇게 거액의 빚을 진 상태로는 본부로 복직하기 힘들대. 복직해서 신용회복이 되면 신용대출을 받아서라도 갚아 나갈 테니까 제발 이번 한 번만 도와 줘."

이런 기회는 다시 오지 않을 것이었다. 무슨 일이 있어도 빚을 청산할 수 있는 이 기회를 붙잡아야만 했다.

"그래, 언니. 형부가 복직하는 게 중요하지. 알았어. 우리 아파트 살 때 대출 받은 게 조금 남아 있는데 그거 빼고 얼마나 더 받을 수 있는지 알아볼게."

동생은 은행을 찾아가 알아본 뒤 알려 주겠다고 했다. 거절하지 않고 우리 사정을 헤아려 알아보겠다고 나서 주는 동생이 고마웠다. 그리고 다음 날 동생이 결과를 알려 주었다.

"언니, 다행이다. 우리 아파트로 3억 원 정도 대출 받을 수 있대."

"정말이니? 정말 고맙다."

고마움을 어떻게 갚아야 할지 알 수 없었다. 남편은 남아 있는 몇 사건을 조정받는 데 힘을 썼다. 그리고 얼마 뒤 채무조정 상담이 모두 끝났다. 나는 곧바로 동생에게 연락하고 함께 은행으로 달려갔다. 은행 직원이 가리키는 대로 서류 여러 곳에 도장을 찍는 동생의 모습을 지켜보았다. 오래전 은행에서 이렇게 도장을 찍고 있었을 남편의 모습이 떠올랐다. 대출금 3억 원은 그 자리에서 새로 만든 그 은행의 내 계좌로 입금되었다. 그건 빚을 정리하는 일인 동시에 새로운 빚을 지는 일이기도 했다. 자신의 아파트를 담보로 거액을 빌려 준 동생에게 고맙고 미안했다. 아무리 형제라지만 선뜻 빌려 주기 어려운 돈이라는 걸 나는 너무나 잘 알고 있었다.

그리고 드디어 그날이 왔다. 25억이라는 막대한 빚을 청산하고 새 삶을 시작하는 바로 그날. 남편과 나는 컴퓨터 앞에 앉아 인터넷뱅킹으로 변제금을 납부하기 시작했다. 신용정보사 상담원들이 적어 준 계좌번호를 잘 보이게 펼쳐 놓았다. 남편이 계좌번호를 불러 주면 나는 그 숫자들을 하나하나 치고 '이체' 버튼을 클릭했다. 그렇게 차례로 돈이 빠져나가며 우리는 보증 채무에서 벗어나고 있었다. 남편이 신용불량자로 전락한 지 10년 만의 일이었다. 기쁘면서도 한편으로는 허탈했다. 숫자를 치고 버튼을 누르는 간단한 일로 벗어날 수 있는 빚에 우리 가족은 지난 10년을 눌려 살았다. 그 사실이 믿기지가 않았다.

하다못해 '이제 당신의 보증 채무가 모두 변제되었습니다'라는 문구라도 나타나 주었더라면 조금은 덜 서운할 것 같았다. 마지막 '이체'를 클릭한 뒤 아무것도 나타나지 않는 화면을 바라보는데 외롭다는 생각이 들었다. 그리고 지난 10년 내내 몹시 외로웠다는 생각도 들었다. 빚을 지고 산다는 건 참으로 외로운 일이었다.

얼마 뒤부터 채무 변제 증명서들이 날아오기 시작했다. 마치 보증 채무를 벗어난 걸 축하하는 메시지 같았다.

변제금을 납부한 다음 달부터 남편의 봉급이 온전하게 들어왔다. 이제 남편은 더 이상 신용불량자 신분이 아니었다. 처음 온전한 봉급을 받았을 때의 그 기분을 어떻게 잊을 수가 있을까. 급여 명세서의 수령액을 들여다보고 또 보았다. 그리고 은행으로 가서 전액을 현금으로 찾아왔다. 케이크도 하나 사서 집에 들어왔다. 남편이 한 달 동안 고생하고 받은 대가가 처음으로 내 손에 고스란히 들어와 있었다. 돈 냄새마저 향기롭게 느껴졌다.

그동안 나는 남편의 월급날 아침이면 절반이 잘려 나가고 남은 봉급을 곧바로 내 계좌로 옮겼다. 남편이 신용불량자가 되고부터 그 일은 매달 거를 수 없는 중요한 일이 되어 있었다. 절반 이상은 가져가지 못하도록 법으로 정해 놓았다고 하지만, 어느 누가 어떤 방법으로 빼내 갈지 몰라 불안했다. 신용불량자로 사는 동안 남편은 보험도, 예금도 들 수 없었고, 신용카드도 만들 수 없었다. 우리는 늘 현금을 가지고 다녀야 했다.

은행에서 찾아 온 현금과 케이크를 탁자 위에 올려놓고 봉급을 온전히 받게 된 기쁨을 나누었다. 케이크에는 촛불 하나를 밝혔다. 우리 가족의 새로운 시작, 새로운 삶을 축하하는 촛불이었다.

보증 채무에서는 벗어났지만 우리에게는 3억 원이라는 또 다른 빚이 생겼다. 남편과 나는 이제 그 빚을 갚아 나가기 시작했다. 바로 다음 달부터 봉급의 20퍼센트가 대출 이자로 나갔다. 원금도 부지런히 갚아야 했다. 그래도 신용불량자 신분으로 위축되어 살아온 날에 비하면, 연말마다 빚을 신고해야 했던 곤혹스러움에 비하면 그게 어디인가. 아직도 나는 신용정보회사로부터 받았던 독촉장의 잔영에서 벗어나지 못했다. 지금도 우편함에서 비슷한 봉투가 눈에 띄면 저절로 몸이 움츠러든다.

나의 꿈,
나의 소설

2004년 소설가로 등단한 뒤 나는 몇 년 동안 빚 갚을 일에 신경 쓰느라 글을 쓰는 일에서 멀어져 있었다. 그토록 바라던 소설가의 꿈을 이루었지만, 한 발짝도 앞으로 나아가지 못하고 있었다. 연우가 유치원에 다닐 때의 일이 생각났다.

"엄마는 왜 아무것도 되어 있지 않아?"

연우는 제 꿈을 늘어놓다가 불쑥 내게 질문을 던졌다.

"응? 글쎄……."

나는 갑작스런 아이의 질문에 할 말을 잃고 얼버무렸다.

"엄마는 어릴 때 뭐가 되고 싶었어?"

"작가, 선생님…… 음, 또 뭐가 있었더라."

"그런데 엄마는 왜 아무것도 되어 있지 않아?"

아이가 말끄러미 바라보며 다시 물었다.

당혹스러웠다. 뭐라고 대답할 말이 없었다. 어린 딸에게서 그런 질문을 받게 되리라고는 생각조차 하지 못했다. 아이에게 비밀을 들킨 것 같아 부끄럽기도 했다. 아이가 학교에 들어간 뒤에도 나는 여전히 엄마, 아내로 머물러 있었다. 하지만 아이에게 들려주고 싶은 말이 있었다.

'연우야, 네 질문을 받은 뒤로 시간이 많이 흘렀구나. 그때 네 질문에 제대로 답해 주지 못했지만 실은 엄마에게도 꿈이 있었단다. 악기라고는 하나도 연주할 줄 모르면서 베토벤 전기를 읽고 난 뒤로 작곡가를 꿈꾼 적도 있었지. 어느 날 네 외할머니와 장에 가는 길에 물이 햇빛을 받아 반짝이는 걸 보고는 물 위에 별이 쏟아진 것 같다고 말했어. 그 말을 들은 네 외할머니는 작가가 되면 좋겠다고 엄마를 칭찬해 주셨지. 어쩌면 외할머니의 말씀을 듣는 순간부터 작가가 되기를 꿈꿨는지도 몰라. 그 뒤로도 꿈을 꾸기는 했지만 엄마는 지금껏 아무것도 이루지 못했어. 그때의 엄마처럼 네게도 앞으로 여러 가지 꿈들이 생겨났다가 사라지겠지. 엄마는 네가 자신에게 맞는 꿈을 찾아내어 꼭 이루리라고 믿는다. 엄마처럼 꿈을 이루지 못하고 아쉬워하는 사람이 되지 않기를 바란다.'

그리스 신화에 등장하는 거인 아틀라스의 그림이 떠올랐다. 프로메테우스의 형제인 아틀라스는 천계를 어지럽힌 죄로 제우스의 분노를 사 벌거벗은 채 어깨로 천공을 떠받치는 벌을 받았다. 그림 속의 아틀라스는 한쪽 무릎을 굽히고 힘겹게 천공을 받치고 있었다. 그 그림을 보았을 때 나는 충격을 받았다. 그건 빚더미를 진 채 꿈을 이루려고 기를 쓰는 내 모습 같았다. '운명'이라는 무거운 짐을 떨쳐 버리는 길은 오직 하나뿐이었다. 연우와 상우에게 있어 그건 공부였고, 내게는 글을 쓰는 일이었다.

가까스로 보증 빚에서 벗어나 2009년을 맞으며 나는 새로운 목표를 세웠다. 장편소설 공모에 도전하기로 한 것이다. 원고지 1000장을 채워야 하는 까마득한 일이었다. 그해는 상우가 행정고시에 두 번째로 도전한 해이기도 했다. 나는 이를 악물었다. 상우가 자신의 목표를 향해 매진하는 것처럼 나 역시 내 꿈을 향해 달리기로 했다. 소설을 쓰며 아이와함께 가리라고 다짐했다.

나는 공모 마감일까지 남아 있는 날짜를 세어 보았다. 원고 매수 1000장을 그 날짜로 나눠 매일 써야 할 분량을 계산했다. 그리고 고시생처럼책상 앞에 목표를 크게 적어 붙였다.

- 장편소설 당선!
- 매일 원고지 20장씩 쓰기.
- 오전 9시부터 12시까지 10장, 오후 1시부터 4시까지 10장 쓰고,
  밤 9시부터 11시까지 보충하기.
- 4시 반부터 6시 반까지 운동하기.

그렇게 소설의 첫 문장을 쓰기 시작했다. 오후까지 그날 분량을 채우지 못하면 다 채울 때까지 잠을 자지 않고 썼다. 아무것도 없는 데서 새로운 세계를 만들어 내야 했다. 가장 '나다운 이야기'를 써야만 했다. 소설이 제 길을 가고 있는지 알 수 없어 때때로 불안하고 초조했다. 그럴 때마다 내가 왜 이 소설을 써야 하는지 끊임없이 상기시켜야 했다.

'이건 가치 있는 일이야. 세상에 나를 증명하는 길이야.'

그리고 매 순간 나 자신에게 물었다. 지금 치열한가. 무슨 일이든 진심으로 이루고자 한다면 거짓 노력은 던져 버려야 한다. 이루고자 하는 목표를 향해 전력투구해야 한다.

어느 연기자가 들려준 이야기를 떠올렸다. 그는 오디션에서 119번을 떨어지고 120번째에 가까스로 합격했다고 말했다. 오디션에서 떨어질 때마다 그 이유를 몰라 괴로워했고, 자신의 길이 아니라고 생각해 포기하려던 적도 있었다고 했다. 그러다 어느 날 깨달았다고 한다. '나름대로'와 '이 정도면'을 빼야 한다는 것을.

나도 '나름대로 최선을 다했어'와 '이 정도면 충분해'라는 생각에서 벗어나기로 했다. 한 문장 한 문장씩 점검하며 나만의 소설을 써 나갔다. 절실해지지 않으면 안 된다고, 이 소설을 마치지 못하면 나를 증명할 수 없다고, 정말로 빚을 이기는 길은 이것뿐이라고, 그렇게 나를 다그쳤다. 아이들이 저희의 꿈을 이루기 위해 공부할 때 나는 내 안의 거인을 만나기 위해 열심히 글을 썼다. 매일 남아 있는 날을 다시 세고, 원고지 분량을 확인해 가며 긴장을 풀지 않았다. 그러는 동안 아이들의 공부와 내 소설의 힘이 자랐다.

마침내 나는 원고지 1000장을 다 채웠다. 첫 장편소설의 끝을 맺었다. 소설을 마치고 나니 이것만으로도 만족스럽다는 생각이 들었다. 가장 나다운 일을 해냈으니 아무도 알아주지 않아도 좋다고 생각했다.

그렇게 쓴 첫 장편소설 『나의 아름다운 마라톤』으로 유명 문예지의 장편소설상 부문에 당선했다. 당선을 알리는 전화를 받았을 때의 그 기분을 뭐라고 표현하면 좋을까. 나는 몇 분 동안 꼼짝도 하지 못하고 책상 앞에 앉아 있었다. 그러다가 갑자기 일어나 집 안을 달리기 시작했다.

시상식은 이탈리안 레스토랑에서 열렸다. 편집 위원들과 심사 위원들, 초대를 받고 온 소설가들과 함께 음식을 먹으며 떠들썩한 가운데 상을 받았다.

"원고지 1000장을 채우는 순간 제 인생이 정리되는 기분을 느꼈습니다."

나는 짧게 수상 소감을 말했다. 그러자 꿈을 이루었다는 느낌이 더 확실해졌다. 나는 마침내 내 안에 감춰져 있던 거인을 만났고, 혹독한 경주로를 달려 나만의 피니시라인에 섰다.

삶이라는 이름의
마라톤

아마 한국에서 교육비를 가장 적게 들인 집을 꼽는다면 우리 집은 단연코 선두 그룹에 서게 될 것이다. 나는 애초에 아이들 교육에 돈을 쏟아부을 생각도 없었고, 빚 때문에 교육비를 들이려야 들일 수도 없었다. 아이들은 어릴 적부터 사교육에 기대지 않고 스스로의 힘으로 공부했고, 장학금으로 대학과 대학원까지 다녔다. 평균 몇 억 원에 이른다는 교육비를 아낀 셈이다. 지금도 연우는 MIT와 삼성장학회로부터 장학금을 받으며 공부를 하고 있다. 지금에 이르기까지의 과정을 돌이켜 보면 두 아이가 이룬 성취의 밑바탕에는 '스스로 공부하는 습관'이 자리 잡고 있었다. 스스로 공부하는 힘을 기르면 부모와 아이들 모두가 공부에서 자유로워진다. 교육비가 안 드니 돈 문제에서도 자유롭게 된다.

무엇보다 내가 기쁘게 생각하는 것은 아이들이 자란 만큼 나도 함께 성장했다는 점이다. 나는 내가 성장을 다 끝낸 사람이라고 생각해 본 적이 없다. 나는 나이가 든 뒤에도 계속 성장하고 있는 내가 이상하거나 부끄럽지 않다. 이런 내가 마음에 든다. 나는 열심히 공부하는 아이들을 보며 글을 쓸 힘을 얻었고, 글을 쓰는 내 모습을 보며 두 아이 역시 용기와 자극을 얻었다. 우리는 서로에게 힘을 주는 관계로 지금껏 함께 공부해왔다. 어릴 때부터 함께 장을 보고 산책하고 이야기를 나눈 일상적인 일도 우리에게는 공부였다. 공부는 밥을 먹고 잠을 자듯 자연스러운 일상이 되어야 한다고 생각한다. 부모가 공부를 특별한 것으로 받아들여 강요하면 아이들 역시 공부를 어렵고 부담스러운 일로 받아들이게 된다.

꿈은 우연히 이루어지지 않는다. 쉬지 않고 공부해야만 이룰 수 있는 것이다. 인생과 공부는 100미터 달리기가 아니라 풀코스 마라톤이다. 출발점부터 치밀하게 전략을 짜고 꾸준하게 달려야만 피니시라인에 도달할 수 있는 것이다. 나는 인간 기관차로 불린 마라토너 에밀 자토페크의 말을 되새기곤 한다.

> 우리는 근본적으로 다른 사람들과 다르다.
> 만약 이기고 싶다면 100미터를 달려라.
> 그러나 진정 무엇을 이루고 싶다면 마라톤을 달려라.

진정한 공부를 위해서는 마라톤 풀코스를 달리는 마음가짐이 필요하다. 오직 혼자서 꿋꿋이 달릴 수밖에 없다. 인생이란 스스로 한 발 한 발 이루어 가는 과정이기 때문이다. 그것이 내 공부의 원칙이었고 자식 교육의 원칙이었다.

나는 우리가 해 줄 수 있는 것이 얼마큼인지를 정하고 아이들에게 분명하게 알려 주었다.

"우리 집은 너희들을 가르치는 데 돈을 많이 들일 여유가 없단다. 그렇다고 빚을 내서 가르칠 생각은 없어. 그러니 스스로 경쟁력을 키워야해. 집에서 주는 돈으로 공부하지 않아도 되는 방법을 찾도록 해라. 그게 너희들이 가장 멋지게 꿈을 이루는 길이야."

연우와 상우는 자신들이 가진 조건을 확실하게 알고 인생을 시작했다. '사교육 없이 우리 형편에 맞게 공부하기'라는 원칙을 받아들이고 따랐다. 이야기를 충분히 나눠 서로를 이해했기 때문에 아이들과 나는 공부 문제로 갈등하는 일 없이 오늘에 이르렀다.

어느 날 동네를 걷다가 꽃 핀 나무 한 그루를 보았다. 가지 끝에 꽃이 피어 있는 모양이 환하게 밝힌 촛불처럼 보였다. 그 모양을 보며 내 마음도 환해지는 걸 느꼈다. 빚 때문에 마음 편할 날이 없는 가운데에도 꽃을 발견하고 아름다움을 느낄 수 있다니 뜻밖이었다. 나는 촛불처럼 보일락 말락하는 그 순간을 위안 삼아 희망을 향해 다시 걸었다. 그렇게 한 걸음 씩 꾸준히 걷는 사이 어느새 성장한 모습으로 서 있게 되었다.

어느 책에서 세 가지 핵심적인 일에 따라 인생이 결정된다는 내용을 읽은 적이 있다. 핵심적인 일 세 가지를 스스로에게 묻고 매일 그 일에 집중하라는 것이었다. 그러면 3일만 지나도 자신이 성장했다는 것을 알 수 있게 된다고 했다.

나도 핵심적인 일 세 가지를 꼽아 보았다.

글쓰기.

달리기.

빚 갚기.

그 나머지 것들은 하지 않기로 했다. 그렇게 세 가지 일에 집중해 단순하게 살기로 했다. 그러자 놀랍게도 오늘 하루가 행복해졌다. 다시는 집을 장만하기 위해서 살았던 예전처럼 살지 않기로 했다. 지금 내가 하고 싶은 일, 내가 하고 있는 공부를 즐기기로 했다. 그것이 빚더미 속에서 내가 깨달은 행복의 조건이다. 지금 나는 그 옛날과 비교할 수 없을 만큼 자유롭고 행복하다.

한때는 빚이 내게서 모든 것을 빼앗아 갔다고 생각했다. 하지만 우리는 꿈을 이루는 것으로 그 빚을 딛고 힘차게 일어섰다. 그리고 깨달았다. 바로 우리 네 식구 모두가 꿈을 이룬 멋지고 위대한 사람들이라는 사실을. 가족 모두가 꿈을 이루는 건 흔한 일이 아니다.

우리 가족의 꿈을 이루게 한 동력은 바로 '강한 의지'였다. 만약 우리 가족이 빚이라는 거대한 벽에 부딪히지 않았다면 그렇게 강한 의지를 가지고 꿈을 이룰 수 있었을까. 아마 나는 아파트를 최고의 재산으로 여기며 살았을 것이고, 연우와 상우도 지금처럼 강한 아이들로 자라지 못했을지도 모른다.

혹시 이 책을 읽는 독자들 가운데 자신의 삶을 놓고 고민하는 이가 있다면 알려 주고 싶다. 당신은 꿈을 이룰 만큼 강한 존재라고. 자신의 모습이 마음에 들지 않거나 자신을 둘러싼 환경이 만족스럽지 못하더라도 실망할 필요는 없다고. 그 모습, 그 환경은 끝이 아니라 꿈을 향해 가는 과정일 뿐이라고.

꿈을 이루는 건 쉬운 일이 아니다. 그렇더라도 우리는 꿈을 꾸어야 한다. 꿈을 꾸고 그 꿈을 이루기 위해 노력하는 것은 곧 자신의 삶을 아끼는 일이기 때문이다. 꿈은 저기 아득한 곳에 동떨어져 있는 별 같은 것이 아니라, 자신을 던져 치열하게 달린 끝에 만나게 되는 마라톤의 피니시 라인과 같다. 쉬지 않고 달리다 보면 반드시 꿈에 도달할 수 있을 것이다.

올봄에 나는 또 한 가지 바람을 이루었다. 유서 깊은 '보스턴 마라톤'의 개최지인 보스턴에서 연우와 함께 마라톤을 달린 것이다. 비록 풀코스 마라톤이 열리기 전날 참가한 5킬로미터 코스였지만 그곳에서 달리고 싶다는 바람을 이룬 것만으로도 더할 나위 없이 기뻤다. 연우는 보스턴에서 공부하는 동안 해마다 마라톤 대회에 참가하고 있다. 경주로를 달리며 삶의 방향을 모색하는 우리 가족만의 방식이 어느새 연우의 삶에도 깊이 뿌리를 내리고 있는 것이다. 그날 나는 세상에서 가장 행복한 사람이었다. 날씨는 쌀쌀했지만 달리는 기분은 말로 다 표현할 수 없을 만큼 상쾌했다.

10년 넘게 우리는 빚이라는 벽에 갇혀 옴짝달싹하지 못한 채 지냈다. 그러나 그 벽을 발판으로 삼아 더 높은 곳으로 도약했다. 그 힘겨운 시절을 겪으며 우리가 이루어 낸 일을 떠올려 보았다. 입가에 슬며시 미소가 번진다. 몇 년 뒤 우리는 또 어떤 길을 달리고 있을까. 그 길 위에 무엇이 기다리고 있든 나는 자신이 있다. 언제든 달려 나갈 준비가 되어 있다.

글을 쓰며 진작 쓸 걸 그랬다는 생각이 들었다. 그동안 소설에 집중하느라 미처 생각하지 못했는데, 우리 가족의 이야기를 세상에 드러내는 일이어서 망설였던 것 같기도 하다.

이 이야기를 하기로 마음먹은 건 절망한 나머지 꿈조차 꾸지 못하는 사람들의 모습을 접하면서였다. 우리의 이야기가 그들에게 꿈을 꿀 수 있는 용기를 주었으면 좋겠다고 생각했다. 그리고 교육과 공부의 의미를 다시 생각해 보는 계기가 된다면 더할 나위 없을 것 같았다.

원고를 마치기까지 예상보다 시간이 많이 걸렸다. 자주 눈물이 나와 글쓰기를 멈춰야 했는데, 그러면 책상에서 물러나 한참씩 쉬며 마음을 가라앉혔다. 내가 눈물이 많은 사람이라는 걸 이번에야 알았다. 그때 일에 빠져들어 마음속이 시끄러워지기도 했다. 너무 충격적인 일이어서 그런지 기억나지 않는 것도 많았다.

얼마 전 눈이 몹시 침침해 안과에 갔다가 의사로부터 뜻밖의 말을 들었다. 망막이 부어올랐는데 심한 스트레스가 원인이라고 했다. 의사는 내 스트레스가 아주 오래된 것이며 혼자서는 해결할 수 없으니 상담을 받아 보라고 권했다. 과거의 충격에서 벗어났다고 생각했는데 그 흔적이 눈에 고스란히 남아 있었다니. 몸이 얼마나 정직한지 놀랐다.

그동안 나는 빚에 무릎 꿇지 않으려고 글을 썼는지도 모른다. 내가 빚에 무너지지 않았고, 우리 가족의 삶이 빚으로만 채워지지 않았다는 걸 보여 주기 위해 이 글을 썼을 것이다. 빚으로부터 자유로워지는 길은 글을 쓰는 일이라고 생각했다.

남편은 지난해 12월 공직에서 물러났다. 남편은 공직에 있던 시간 대부분을 부모 형제의 빚을 갚는 데 썼다. 그 시간에서 벗어나 자유를 찾은 남편에게 이 책을 바치고 싶다. 그리고 인간미 있는 인재로 자라 준 연우와 상우. 고르지 않은 길을 함께 달려오느라 고생이 많았다. 두 아이가 같이 달려 주어 나도 꿈을 이룰 수 있었다. 함께 성장했다는 것, 그것이 무엇보다 기쁘고 뿌듯하다. 우리가 한 가족이어서 행복하다.

이 책이 나올 수 있게 도와준 다산북스 여러분에게 감사한다. 특히 박고운 씨에게 고마움을 전한다.

2014년 3월

이채원

연우가 엄마에게 보내는 편지

엄마, 대학 시절 어느 날, 내가 중고등학교 때 썼던 일기장들을 몽땅 버렸던 게 갑자기 생각이 났어. 미국과 한국에서 보낸 생활을 기록하고, 내 생각과 기분을 차곡차곡 담아 두었던 스무 권 가까운 공책을 다 꺼내서 버렸던 일. 내가 표지마다 그림도 정성껏 그려서 간직했던 일기장들이지만 정작 버리자고 마음먹었을 때는 별로 아깝지 않았어. 만약 내가 그때 그 일기장들을 버리지 않았더라면 지금까지도 '저걸 버릴까 말까' 하는 생각을 하면서 마음속에 짐으로 두고 있었을 것 같아.

힘든 일이 있으면 사람들은 "지나고 나면 다 괜찮다"는 얘기를 쉽게 하지만, 그렇지 않은 일도 많을 것 같아. 늘 돈 때문에 걱정하고 가족이 곧 무너질 것만 같은 느낌을 경험하면서 보낸 내 사춘기는 많은 일이 해결된 지금 돌이켜 보아도 "괜찮다"고 말하기는 어려워. 속으로는 잔뜩 고민만 하고 겉으로는 불만에 가득 차서 엄마 아빠한테 반항했던 내 사춘기는 아름다운 추억이기보다는 반성하고 극복해야 하는 시기인 것 같아. 그 필요 없는 반항기와 우울함을 이겨 내고 새롭게 시작해 보고자 하는 마음으로 일기장을 다 버렸던 것 같아.

우리가 잘못한 게 아니라는 것도, 엄마 아빠가 누구보다 힘들다는 것도 잘 알고 있었어. 엄마는 문제를 숨기고 묻어 두기보다는 충분히 알 수 있도록 설명해 주었으니까. 그런데도 우리가 빚에서 헤어나지 못하고 오랫동안 고생하고 있다는 걸로 엄마 아빠를 조금 원망했었어. 그때는 어른들은 어떤 문제든 의연하게 대처하고 척척 해결할 수 있는 존재라고 생각했던 것 같아. 빚의 액수나 문제의 복잡한 정도가 실감되지 않기도 했지만, '어른이라면 저런 일로 싸우거나 흔들리지 않고 해결할 수 있어야 하는 것 아닐까'라는 어리석은 생각을 했었어.

고등학교 때 선생님이 "아이들은 부모가 사람이 아니라고 생각한다"라고 말씀하신 적이 있어. 그때는 그게 무슨 말인가 했는데, 이제 내가 어른으로 불리는 나이에 이르고, 주변 친구들이 하나둘 결혼해 부모가 되어 가는 걸 보면서 점점 이해가 돼. 나이를 먹어서 법적으로 성인이 되고, 결혼해서 아이를 낳고, 사회생활을 하면서 여러 가지 일을 경험해도 어려운 일이 생기면 당황하고 흔들리는 게 당연한 건데. 엄마 아빠도 사람이니까 이성이 무너지고 화가 나고 어쩔 줄 모르게 될 수 있는 건데.

이기장을 다 버렸고 우리 집도 큰 문제에서 벗어났지만, 앞으로도 서로 부딪치거나 마음 상할 수 있는 크고 작은 일들이 종종 생기겠지. 그런 일이 있을 때마다 사춘기 때보다는 성장한 모습으로 좀 더 어른스럽게 엄마 아빠 마음 이해하고 위로할게. 엄마가 어려운 상황에서도 주저앉거나 걱정만 하며 살지 않고 계속 나아갈 방향을 제시해 주고 동기를 줘서 내가 여기까지 올 수 있었어. 엄마와 함께 공부했기 때문에 힘들 때마다 기운을 낼 수 있었어. 그렇게 바르게 성장하도록 이끌어 준 것처럼 나도 우리 가족이 계속 함께 발전할 수 있도록 노력할게.

엄마, 늘 고마워요.

사랑해요.

2014년 봄, 보스턴에서

연우 올림

두 아이를 MIT 장학생, 최연소 행정고시 합격생으로 키운 연우네 이야기

우리는 공부하는 가족입니다

초판 1쇄 발행 2014년 3월 31일
초판 4쇄 발행 2014년 5월 31일

지은이 이채원
펴낸이 김선식

경영총괄 김은영
마케팅총괄 최창규
책임편집 박고운 **디자인** 김윤실 **크로스교정** 김서윤
콘텐츠개발3팀장 김서윤 **콘텐츠개발3팀** 이여홍, 박고운, 최수아, 전해인, 김윤실
마케팅본부 이주화, 이상혁, 도건홍, 박현미, 백미숙 **홍보팀** 윤병선, 반여진
경영관리팀 송현주, 권송이, 윤이경, 김민아, 한선미

펴낸곳 다산북스 **출판등록** 2005년 12월 23일 제313-2005-00277호
주소 경기도 파주시 회동길 37-14 3, 4층
전화 02-702-1724(기획편집) 02-6217-1726(마케팅) 02-704-1724(경영관리)
팩스 02-703-2219 **이메일** dasanbooks@dasanbooks.com
홈페이지 www.dasanbooks.com **블로그** blog.naver.com/dasan_books
종이 한솔피엔에스 **출력·제본** 스크린그래픽센타 **후가공** 이지앤비

© 2014, 이채원

ISBN 979-11-306-0264-6 (03810)